讀出一記左勾拳

日本與美國的詩朗讀擂臺

煮雪的人 著

目次

ROUND 1

關於這本書的前情提要

1-1 序：為什麼要寫這本書 009
1-2 一些稱呼的釐清 017
1-3 我自身如何從默讀變成朗讀？ 021
1-4 一切都從報名研究所的時候開始 027
1-5 請拉好拉鍊 033

ROUND 2

讀詩也有世界冠軍

——詩朗讀擂臺在美國與日本的發展

2-1 又是芝加哥：詩擂臺的誕生 043
2-2 比賽開始之前，日本詩朗讀的前世今生 049
2-3 於是拳擊開始了：詩擂臺在日本的發展 057
2-4 詩擂臺的政治性 065

□□□□□□□□ 訪談A：專訪詩拳擊衛冕王者島田雅彥 075

ROUND 3

最誠實的空間
——美國詩朗讀擂臺紀實

3-1 離開芝加哥之前：錯誤的開端 091
3-2 第一場考察：Nuyorican Poets Cafe 099
3-3 總之就是往東邊開，途中差點被拖吊 111
3-4 第二場考察：Bowery Poetry Club 125
3-5 這正是我所期待的紐約 131
3-6 第三場考察：Brooklyn Poetry Slam 139
3-7 接著就是往西，然後……進法院？ 145

□□□□□□□□
訪談B：專訪「POETRY SLAM JAPAN」創辦人村田活彥 153

ROUND 4

言葉的對決
——日本詩朗讀擂臺紀實

4-1 那些深夜的詩朗讀：中原中也朗讀會 179
4-2 沒有相撲的兩國：胎動二〇二〇 189
4-3 潮流街區的詩人們：Poetry Reading Open Mic SPIRIT 197
4-4 隱形的觀眾之海：KOTOBA Slam Japan 203
4-5 鳳梨汁！鳳梨汁！：poetRy Lounge 209
4-6 音樂祭中的詩朗讀：ITOUSEIKOU is the poet 217
4-7 日本與美國的朗讀技法 225

□□□□□□□□
訪談C：專訪「Open Mic SPIRIT」二代目主辦人遠藤HITSUJI 235

FINAL ROUND

關於臺灣，以及那些還沒做的事

F-1 精神與物理皆自由的空間：東華大學詩擊賽 267

F-2 後記：那些還沒做的事 275

參考資料 281

ROUND 1

關於這本書的前情提要

1-1 序

為什麼要寫這本書

我決定先來談談自己為什麼要寫這本書。

提起「詩朗讀」，首先我會想起國中時被老師叫起來讀詩的同學們——有些人開始翻找記憶，遵循被教導過的方式讀詩；有些人則懶散或是不按牌理地讀，於是被老師訓斥。接著我會想起高中的詩歌朗誦大賽：各個班級在操場集合，用自認為最有創意的方式呈現詩作，我的班導（你能夠很快想到的那種典型高中國文教師）選擇了一首與項羽有關的詩，而我早已忘記最後拿到什麼名次。

對於上述這些朗讀，過往的我總會感到說不出的違和，要說是匠氣或是矯作也行，總之就是某種原因讓我感到抗拒。後來讀到《詩に翼を　詩の朗読運動史》，作者寺田弘談到日本明治年間與謝野晶子等人的詩朗讀，認為當時與其說是「朗讀」，不如說是「吟誦」，前者是試圖將內容傳達給聽眾，後者則是陶醉在自己的聲音中。仔細回想，國中時期在教室的朗誦，以及高中的詩歌朗誦比賽都是屬於吟誦。

寫詩初期我曾彆扭於朗讀自己的作品，就我所知臺灣有不少年輕詩人也是如此。也許是因為眾人對朗讀的想像大多停留在義務教育，讀出聲音之前，腦海中會提前被教室朗誦的聲音給佔據，反而產生了「朗讀抗拒」。

等到離開學校，就算參加哪位詩人的新書發表會，朗讀這件事也常流於發表會的附屬品，如果不是吟誦就只是毫無感情的「棒讀」。當時的我常感到疑問：如果我今天不是要透過朗讀來傳達活字所不能表現的部分給觀眾，那何必大費周章複述一次文本？

對於這個疑問，來到日本後終於有些豁然開朗。

日本盛行源自美國的詩擂臺（Poetry Slam）——起初被命名為詩拳擊（詩のボクシング）——簡單來說就是兩位以上的詩人輪流上臺讀詩，接著由評審（有時候是來賓，有時候從觀眾中隨機選出）決定優勝者的讀詩競賽。詩拳擊人氣最旺的時期曾在NHK播出，擂臺上有谷川俊太郎、平田俊子等詩人，而臺灣民眾也熟知的糸井重里、奈良美智、江國香織則擔任過賽事評審。

我之所以會得知這個活動，是因為碩士班的指導教授・小說家島田雅彥曾經是該

競賽的優勝者。如今電視上已不再播出詩拳擊，詩擂臺卻依然活躍。日本各地仍然在舉行地方的詩擂臺競賽，差別在於參賽者由名人轉變為一般民眾。此外，也能在高中看見詩擂臺社團，甚至有專門描寫這項競技的電影《詩歌天使》（ポエトリーエンジェル）與漫畫《MITSUKO的詩》（ミツコの詩）。

詩擂臺的參賽者無非希望能取得高分得勝，因此「傳達」這件事就相對重要。相較於吟誦的自我陶醉，或是新書發表會的例行式棒讀（毫無感情地讀出文字），擂臺上的朗讀者必須竭盡全力用自己的方式，在限定的時間內將詩作傳達給觀眾，過程中得以聽見活字從未展現過的部分——或者說，本來就是屬於詩，只是被我們給遺忘的那個部分。

詩的起源依地域有所不同，然而多半與朗讀密切相關。我們在歷史課本上讀過古希臘的吟遊詩人，其他文化圈如古代日本有巡遊伶人，西非也有格里奧。印刷術普及之後，詩由口傳變成了活字，「詩」跟「歌」的概念開始漸行漸遠，因此如今當我們談論詩，很少會把朗讀當成必要條件。二〇一六年巴布．狄倫獲得諾貝爾文學獎，全世界又一次被提醒了這件事。

我編纂《好燙詩刊》多年，發現到不少與我年紀相仿的年輕詩人，傾向把所謂的詩意訴諸於「字義帶來的感動／哲理」——過往的我亦是如此——後來才意識到這般現象相當危險，如果我們只把詩寄託於此，要如何說服讀者自己所書寫的是詩？畢竟感動與哲理並非詩的專屬。尤其在社群媒體開始盛行之後，不少作品為了能夠符合版面，常常只是著重在其中幾句格言般的金句，默讀可能還好，當我們嘗試出聲朗讀這些作品，會發現整首詩其實相當支離破碎。因此希望能透過出版這本書，讓臺灣的年輕詩人重新想起詩是可以被朗讀的，進一步重新思索什麼是詩。

本書之所以命名為「日本與美國的詩擂臺」，是因為在我有限的能力下，目前僅前往日本與美國考察詩朗讀擂臺。然而這項競技，以及詩朗讀這件事，當然不侷限於美國與日本，世界各地皆相當活躍（相較起來臺灣算是十分沉寂的），例如每年都會舉辦——甚至疫情期間也沒中斷——的「詩擂臺世界盃」是在法國舉辦。未來若是有機會，也希望能到更多國家考察。

若是有讀者期待能夠在這本書中閱讀到擂臺上的詩作，或是認識形形色色的參賽者，容我先說聲抱歉。由於牽涉到著作權與肖像權，儘管我蒐集了不少資料與照片，卻無法完整收錄在書中。未來若是有更大的計畫，也許可以編纂一本詩擂臺參賽者大全，當然，我更希望這項競技可以透過本書在臺灣普及，屆時編纂的會是臺灣版本。

寫作這本書期間我得到諸多幫助，日本方面我必須感謝恩師島田雅彥、提供我諸多資料的詩人村田活彥與遠藤 HITSUJI（遠藤ヒツジ）；美國篇章要感謝允許我將他們（胡亂）寫進書中的阿傑、GB、CHI、Jessica、臺中人，以及紐約停車場的大哥；臺灣則要感謝東華大學詩擊賽的先鋒者沈嘉悅、廖宏霖、陳大中；最後也要感謝鞭策我完成本書的明峰、讓這次寫作計畫通過創作與出版補助的諸位評審、以及願意出版本書的時報出版。

另外說明一下，詩朗讀擂臺雖然精采，但是那僅限於舞臺上。今天當我把它訴諸成文字，多少會有些無聊，尤其還會稍微提到學術性的內容。寫作這本書的初衷畢竟是「推廣」這項競技，因此希望本書的閱讀體驗能夠平易近人：我將成為一介朗讀者站上臺說故事，故事大多與詩擂臺有關，少數故事與詩擂臺的距離則如同墨西哥捲餅與拉麵般遙遠（譬如在美國考察期間吃生魚片拉肚子，導致車子被拖走的始末）。

希望這般安排能讓本書讀起來更活潑且詼諧，以呼應詩擂臺的特性：無拘無束，自由奔放。

本書的文字，就是一場詩朗讀擂臺的演出。

1-2 一些稱呼的釐清

本書最早的副標題是「日本與美國的詩擂臺」，後來我決定加上「朗讀」兩個字，成為「詩朗讀擂臺」，其中牽涉到一些稱呼的釐清。

寫作本書是為了推廣「詩擂臺」，也就是「Poetry Slam」，後來卻發現要談論日本的「詩擂臺」（ポエトリースラム），就不得不談「詩朗讀」（ポエトリーリーディング）。這裡可見日語片假名的方便之處——假若只是要言及新書發表會那種複述文本的讀詩，用「詩的朗讀」（詩の朗読）即可；如果寫成「ポエトリーリーディング＝Poetry Reading」，指稱的就是主要受美國影響而誕生的、強調表現形式與朗讀者個人經驗的「詩朗讀」。而「詩播臺」就是「詩朗讀」的競技。

廣義來說，英語世界中強調演出的詩朗讀（Poetry Reading）屬於口述藝術（Spoken Word Art）的一種，因此也能稱作「Spoken Word Poetry」。然而這項藝術傳到日本後直接被翻譯成片假名的「ポエトリーリーディング＝Poetry Reading」，因此本書決定統一稱呼其為：

詩朗讀＝Poetry Reading＝ポエトリーリーディング

我也可以直接把「詩朗讀」寫成英文的「Poetry Reading」，卻又覺得這樣太過偷懶。幾經思考之後我決定統稱為「詩朗讀擂臺」，副標題就成了「日本與美國的詩朗讀擂臺」。

如果在這本書中讀到「詩擂臺」，指的就是有勝負的競賽；如果是「詩朗讀」，指的就是沒有勝負之分，強調表現形式與朗讀者個人經驗的「Poetry Reading」，常以Open Mic的方式登場；如果是「詩朗讀擂臺」，則是統稱，畢竟兩者常常是難以拆分的，以日本來說，你會在兩者的場合看到同樣一群詩人。

我知道有點亂，寫到這裡我的腦袋也快打結了，反正，先讀下去再說吧。船到橋頭自然直，走上舞臺，自然要讀詩。

1-3 我自身如何從默讀變成朗讀？

在進入正題之前，我想談更多雞毛蒜皮（但是也很重要）的小事，這都是為了讓本書不要過於枯燥。如果有迫不及待想要理解詩朗讀擂臺的讀者，可以先跳過本文，有空再回來閱讀。

這篇我想談談自身如何從「默讀」轉向「音讀」、「朗讀」派。

過去的我是個很不重視聲響的人。這並非什麼自負的展現，而是無能的結果：團體中如果一定要有一位音痴，我就會是那位。去卡拉ＯＫ的話我永遠都是負責當人頭或者只是去吃飯喝酒。為什麼不唱？不會唱。就算不常聽流行樂，總有幾首會唱吧？沒有，因為我總是聽不懂流行樂的歌詞。

開始接觸流行樂之際周杰倫當紅，許多人笑說永遠聽不懂他含滷蛋在唱些什麼，於是我誤以為眾人都不在乎流行樂的歌詞。後來偶爾聽聞朋友討論流行樂的歌詞如何如何，我才意識到一件事：手上沒有文本的話，我幾乎聽不懂流行樂在唱些什麼。

我這才知道自己是視覺動物，理解語言是仰賴符號而非聲響，自小開始在語言教育的閱讀領域總能取得高分，聲音相關的學習卻總是吊車尾（還記得自己曾經被鋼琴老師評語：這小子心浮氣躁，不適合學習音樂）。而這樣的我到底為什麼會成為詩人，那就是另外一個故事了。

如此這般的背景，加上本書開頭提到的「朗讀抗拒」，導致我總認為詩應該是默讀而非朗讀，畢竟近代的默讀是由朗讀進化而來的（可參考麥克魯漢〔Marshall McLuhan〕《古騰堡星系》〔*The Gutenberg Galaxy*〕與前田愛《近代讀者的成立》〔近代読者の成立〕），前者能夠提供更快的知識傳播，才是文明的象徵——過去的我這般深信著。一九九七年，當詩擂臺首度在日本舉辦的時候，也有人以「詩不應該讀出來，而是應該靜靜地閱讀」的理由反對。

後來我才漸漸發現到，從朗讀轉變到默讀的過程中，我們失去了很多東西。其中最重要的是詩的現場性，現場曾經是詩的主要發表管道，如今卻充斥彆扭的朗讀會，無非是因為多數人忘了如何讀詩。

跟我有著同樣歷程的詩人並非少數。也許我們都曾經被符號給迷惑，因而忘卻了語言的聲響。被視為日本詩朗讀中心人物之一的谷川俊太郎曾說，自己原本對詩朗讀也沒有興趣，直到一九六六年：「去了美國之後一切都變了，我開始把詩的音聲與印刷文字放在同等地位，之後只要有機會我就會嘗試朗讀。」

透過朗讀，詩人也可以獲得完全不同於文字發表的回饋。谷川俊太郎認為：「活字會侷限詩的可能。如果嘗試發聲將詩給讀出來，當天的精神與氛圍就會完全不同，也會因為不同聽眾而得到不一樣的回響。」

另外也有詩人主張，透過朗讀我們可以奪回「身體性」。當詩化為文字，就會失去寫作者的肉身，對此日本詩人野村喜和夫表示：「用文字來鎖住詩意，是一種壓抑身體性的變換裝置，而我們必須將其解放。」

在這個「朗讀的覺醒」背景下，我自二〇一一年開始主編的《好燙詩刊》從二〇二〇年開始由紙本轉至 Podcast 平臺，改名為《好燙詩刊：PoemCAsT》，希望能建立一個讀詩平臺來拓展臺灣詩朗讀的可能性。當然不同於詩播臺主要是透過朗讀人的肢體動作或是情緒來感染聽眾，《好燙詩刊：PoemCAsT》比較接近以前的收音機讀詩，因此我也思索過Podcast與收音機的差異到底在哪。

根據至今的來稿，我認為Podcast時代最大的變化在於，任何人都可以取得聲音素材並置入朗讀之中，譬如有人會在錄音檔中置入海的聲音、鳥叫聲、風聲等等，這也許更能還原詩人在寫詩時試圖表達的情境。另外像是李柚子將自己的聲音變換成機械音，或是謝旭昇利用Google翻譯的語音反過來干擾詩的節奏，也是相當有趣的反向操作。

以上就是我從「默讀」轉向「朗讀」的過程，當然兩者不是非黑即白，我自己在家讀詩集的時候不會大聲把每個字都讀出來（否則鄰居可能會報警）。也有些優秀的詩作不需要被朗讀甚至是無法朗讀，圖像詩就是個例子。

此外，要說詩展演的能力我也遠遠不及許多詩人如楊雨樵、沈嘉悅或郭霖，我充其量只是個推廣者，希望能提醒所有的讀者：有些詩是需要被朗讀的。

1-4 一切都從報名研究所的時候開始

我知道各位都很好奇詩朗讀擂臺到底是什麼，不過在此先離題談論一下自己為什麼會接觸到這項競技——想要了解事情的全貌，有時候必須搞清楚起源在哪，這正是為什麼科幻小說／電影的科學家們都要冒著生命危險到外太空尋找人類起源（抱歉，一個不小心離題離到外太空去了）。迫不及待想要理解詩朗讀擂臺的讀者，一樣可以先跳過本文。

當年的我人在東京準備研究所（在日本稱為大學院）考試，沒有事先做好功課的我，直到報名期間才知道日本與臺灣不同，報考當下就必須選擇好指導教授，入學後直接隸屬該教授的研究室。是否錄取看的不只是筆試與面試成績，還要視該名教授是否願意指導你的研究計畫——假若教授對你的研究毫無興趣，考試再高分也無濟於事。

我打開報名手冊，暗自祈禱能夠看見符合自身研究的教授，沒想到名冊上教授們的專長皆與我的研究計畫大相逕庭，在接近名單尾聲的所在，我看見一個有點印象卻又不太熟悉的名字：「島田雅彥」，研究專長寫著：「創作、小說論、文學史、戰後史、次文化」。

於是我立刻在報名表上寫上「島田雅彥」四個字。起初之所以會選擇法政大學，是因為該校設有以文學創作取代論文的創作學程，儘管我早已認清自己未能使用日文創作而沒有報考該學程，依然希望選修創作相關課程。如今這位島田教授將創作放在專長的最前方，我自然沒有理由忽略。

緊接著當然是搜尋這位島田教授的資料，一查之下才感嘆自己的孤陋寡聞。島田雅彥不僅是日本知名的小說家，也是十年資歷的芥川賞評審（然而他從未得過芥川賞，甚至曾以「最多次芥川賞落選紀錄保持人」自居，出版了兩本《島田雅彥芥川賞落選作全集》）。

就讀東京外國語大學期間島田雅彥以小說《寫給溫柔SAYOKU的嬉遊曲》出道，俄語系的背景使他走上了以左翼為基調的創作路線。書中使用片假名的「SAYOKU」而非漢字的「左翼」，是為了與舊左翼區隔。評論家柳澤勝夫認為，若說村上春樹是「目睹大敘事（以及日本左翼運動）的終焉」的一代，島田雅彥就是「大敘事終焉後」的一代。《寫給溫柔SAYOKU的嬉遊曲》所描寫的並非一九六〇年代盛行於日本的左翼運動，而是以諧謔、諷諭的方式寫出左翼運動結束後的SAYOKU。正如書中隸屬於蘇聯反體制運動研究社團的主角千鳥姬彥所言：「我出生於六〇年代，八〇年代成為大學生，可以說是遲來的左翼學生，是如此狹小的傢伙。」

另外，年輕時偶像等級的外貌讓島田雅彥在日本文壇成為異數，累積為數不少的粉絲，獲得「文壇貴公子」的稱號。他多次在電視節目與電影中亮相，演出過電影《東京墮落》、《孤島情》、《風的外側》、《東京公園》，二〇〇七年的電影《東京的謊言》中更是擔綱主演。我想起多年前曾與朋友到金馬影展看過《東京公園》，當時的我渾然不覺電影中那位酒客，會在多年後成為自己的指導教授，而現實中的他就如同電影裡一般瀟灑。

我繼續查找島田教授的資料，長長一串的著作與文學獎履歷中，其中一項敘述引起了我的注意：「二〇〇〇年參加詩拳擊，在第四回世界輕量級王座決定戰擊敗平田俊子成為王者。隔年，於第五回世界輕量級王座決定戰擊敗 SUNPLAZA 中野，成功衛冕。」

我無法想像照片中這位看來相當嚴肅的教授會站上擂臺與人競爭，而且還是用詩句來對決。直到日後我體會到島田教授的不羈，並了解到詩朗讀與左翼運動的淵源，才意會到這個舞臺簡直就是為他所打造，不過那都是遙遠的日後談。

當時的我仍然對詩朗讀擂臺毫無概念，也不知道未來的自己將會深入考察這個未知的世界。

1-5 請拉好拉鍊

開場的最後，讓我們往前推一點，談談到底什麼是「詩人」？這裡要請各位跟我一起穿上防護衣（背部的拉鍊有點難拉，可以請隔壁的人或是自家寵物幫忙），走進船艙進行一趟短暫的時空旅行。請想像地球現在是靜止的，從遠古時代到昨天你腳趾不小心踢到櫃子的瞬間，如同電影《星際效應》那般全部被攤開在我們眼前。

說到史上最早的詩人，有人可能會想起《詩經》，有人可能會想起一個詞彙：吟遊詩人。

提到「吟遊詩人」，除了眾所皆知古希臘負責歌頌英雄事蹟的那些人，現代人更容易聯想到的可能是電玩遊戲中的職業。每當看見遊戲中那位拿著豎琴或是西塔琴唱著歌，同時幫隊友提升能力值的角色，我總會想著：「眼前這位詩人，與我身邊（包含我自己）寫詩的那些人，真的是同一種存在嗎？」

會有這個想法，無非是因為我們對詩人的印象已大不相同，如今的詩人們未必會唱歌（前面有提到我自己就是去ＫＴＶ充當人頭的那位），也未必精通音樂，卻不影響他們成為詩人。

除了古希臘，西非以及伊斯蘭文化圈也都有類似吟遊詩人的存在，他們朗讀的是他人的作品（大概就是今日的cover歌手），且多是沒有文字記載的口傳詩。這類職業之所以存在，是因為過去民眾沒有閱讀的習慣或能力，因此需要有人在聽眾面前公開朗讀作品，否則作品難以被傳播。這些吟遊詩人未必是詩的「創造者」，而是更接近媒體角色的「傳遞者」。

除了「詩人」的概念，「詩」當然也在改變。印刷術普及後，歐洲開始出現大量的出版品，原本的詩才漸漸被分為「歌」（song）以及「詩」（poetry），前者以會被朗誦／歌唱為前提撰寫；後者則寫給沉默的讀者，有些作品甚至讀者只要懂其意思，不懂其發音也能閱讀。

詩朗讀也因此經歷了不少波折。既然印刷物也能傳遞文本，臺上的朗讀者自然要另尋出路。來到二十世紀，臺上的朗讀者已經比以往更加重視舞臺魅力與個人經驗，而非單純在複述文本——也就是本書聚焦談論的「詩朗讀」。

一九八四年，美國有位詩人（後面就會公布他的名字）想到可以把詩朗讀變成一種競技，於是我們的主角，「詩擂臺」就誕生了。

接著我們再稍稍回到十九世紀的日本（時空旅行兼環遊世界，物超所值）。

十九世紀前，住在日本的人們說到「詩」這個字，八九不離十指的是漢詩，而非普遍以為更能夠代表日本的和歌、短歌或俳句。「漢詩」顧名思義是從受漢文化影響而出現的詩，寫作者大多是男性，生在臺灣的我們只要讀得懂國文課本中那些絕句、律詩等古典詩詞，也能讀懂日本當時的漢詩。

有趣的是後來日本碰上明治維新，為了釐清「日本」是什麼，他們開始「去支那化」（當時「支那」兩個字並沒有負面意涵）。不過他們並非完全割捨來自漢文化的一切（畢竟日文中已經參雜了許多漢字），而是試圖從和漢融合的文化中，找出

「和」到底是什麼。如此背景之下漢詩當然逐漸被冷落，導致後來有許多不得志的漢文人轉到臺灣發展，十九世紀末如果在臺灣的街頭遇見日本人，很高機率是一位詩人，當時也許是臺灣詩人密度最高的時期。

漢詩被冷落之後，要寫什麼詩呢？一八八二年外山正一、矢田部良吉、井上哲次郎於是編輯了《新體詩抄》，提倡寫作不同於漢詩的「新體詩」。

這些新體詩人們也很快想到了朗讀的問題。一八九五年，《新體詩抄》的作者之一外山正一在東京大學的講堂朗讀自己的詩作，提倡「朗讀體，抑或口演新詩體」。一九〇二年，創辦《明星》文藝誌的與謝野鐵幹也舉辦過幾場「詩的朗讀會」。

明治時代的這些朗讀會，並不是為了讓聽眾聽懂自己的詩，而是為了表現讀詩的「美聲」，比起今天我們要談的「詩朗讀」更接近「吟誦」。我從文獻中看到當時的聽眾心得（可惜那個時代沒有給星的評分系統），有位聽眾表示：「與其說我是來聽詩，不如說我是來看詩人自我感覺良好陶醉於自己的聲音之中，完全沒有考慮到聽眾」，給一顆星都嫌多（這句是我加的）。

一九二四年左右，日本各地開始出現詩的發表會，並在會中請來藝人朗讀詩作，詩朗讀從這時候開始漸漸從「吟誦」轉變為「朗讀」。昭和之後，這些附屬於發表會的詩朗讀開始獨立出來。一九三六年詩人照井瓔三出版過一本《詩の朗読——その由来・理論・実際——》，被視為日本史上第一位詩朗讀的理論家。

日本的詩與朗讀就這樣相安無事地共存了二十多年到一九六〇年，幾位詩人（後面才會公布他們的名字）從美國引進了前面提到的「詩朗讀」，並逐漸出現在日本各地的舞臺以及廣播電臺中。

三十多年後的一九九七年，又有一名詩人從美國引進了「詩擂臺」，並將其命名為詩拳擊（詩のボクシング），由於他邀請了許多名人參加，這項競技曾在二十一世紀初期席捲日本，甚至在電視上播出——想像一下工作結束後筋疲力竭的你在家裡附近買了碗麵，回到家中躺上許久沒清潔有些髒汙不過仍然舒服的沙發上，迫不及待地將湯與麵條倒進紙碗之後，啊，吃飯總該配個電視吧，打開電視卻看到詩人站在擂臺在讀詩。對於今天的詩人來說，這實在是不可思議又有點令人羨慕的事。

就像麵總會涼掉，詩拳擊後來也逐漸退燒。然而詩擂臺並沒有從日本消失，而是從名人們的競技轉為民間運動，各地的 Live House、咖啡店或學校都會舉行詩擂臺競技，也有名為「KOTOBA Slam Japan」的大型組織在舉辦全國競賽，甚至會派出全國冠軍參加詩擂臺的世界盃。

短暫的時空旅行到此結束，請各位回到船艙中，來不及買伴手禮沒關係，臺灣的唐吉訶德都有賣。

ROUND 2

讀詩也有世界冠軍

——詩朗讀擂臺在美國與日本的發展

2-1 又是芝加哥

詩擂臺的誕生

正如前面提及的，要談今天的主題「詩擂臺」之前，就必須先談談「詩朗讀」這件事。

今日的美國，名為詩朗讀「Poetry Reading」的演出形式並非什麼小眾的祕密活動，根據美國詩人協會的資料，光是二〇一二年四月，就有七四二七場以詩朗讀為名的活動在美國的各地舉行。詩朗讀，乍聽與讀詩沒什麼不一樣，不過這並非把蚵仔煎稱為乾煎蛋汁牡蠣佐紅醬蔬菜的花俏手法，詩朗讀畢竟是站在臺上，因此除了將詩讀出來，通常還會有更強烈的表演性，此外朗讀者也可以針對文本加油添醋，甚至是修改內容。

剛才提到二〇一二年四月有七千多場的詩朗讀，然而根據美國詩人唐納・霍爾（Donald Hall）驚人的記憶力，七十年前的一九四二年四月，全美國頂多只有十五場詩朗讀活動（當時的資訊不流通可能也導致資料不齊全），而其中十二場的主角都是佛洛斯特（Robert Frost），沒錯，就是寫〈未走之路〉（The Road Not Taken）的那位，原來他只能選擇一條路走，是因為耽溺在詩朗讀上。

從十五變成七四二七，是因為一九五〇年代開始有更多詩人走上舞臺，其中霍爾認為一九五〇至一九五三年間，具有明星特質的英國詩人狄蘭・湯瑪斯（Dylan

Thomas）——也就是那首〈不要溫和地走進那個良夜〉（Do Not Go Gentle into That Good Night）的作者——在美國舉辦多場詩朗讀，是這項演出形式得以在美國普及的關鍵之一。

舞臺上眾多的詩人中，還有一個臺灣讀者也相當熟悉的名字：艾倫・金斯堡（Allen Ginsberg）。

一九五〇年，一群美國詩人，包含勞倫斯・弗林蓋蒂（Lawrence Ferlinghetti）、肯尼斯・雷克斯雷斯（Kenneth Rexroth）會定期在舊金山的咖啡館、藝廊或是教會公開朗讀自己的詩作。一九五五年，雷克斯雷斯在Six Gallery舉辦了一場日後被稱為「Six Gallery Reading」的詩朗讀，上臺的詩人大多屬於垮掉的一代，或稱垮派（Beat Generation）。艾倫・金斯堡也名列其中，他在兩百多名聽眾前面以極富表演性的方式朗讀了詩作〈嚎叫〉（Howl）。

〈嚎叫〉的內容前衛又露骨，因此隔年出版的詩集《嚎叫以及其他詩作》（*Howl and Other Poems*）隨即被認定內容猥褻因而遭到禁止。不過金斯堡後來在法庭上勝訴，反而使得他的聲名大噪，其他詩人開始模仿他充滿舞臺魅力的朗讀方式。

這裡之所以特別提到金斯堡，是因為他與垮派深深影響了後來日本的詩朗讀。詩朗讀先講到這裡，那麼美國的詩擂臺又是如何誕生的？

一九八四年十一月，詩人馬克．史密斯（Mark Smith）突發奇想可以把詩朗讀變成一場競技，在芝加哥的 Get Me High Lounge 舉辦了一場讀詩競賽。我們都知道世界第一棟現代摩天大樓誕生於一八八五年的芝加哥，第一塊深盤披薩也是在芝加哥，怎麼連詩擂臺也是起源於芝加哥？

兩年後的一九八六年，史密斯幫這個競賽取了個名字：「Uptown Poetry Slam」，詩播臺（Poetry Slam）因而誕生。根據史密斯所言，當時的規則如下：兩名以上的詩人輪流上臺，以奪冠為目標朗讀自己的詩作。上臺即成為表演者，只要是為了把觀眾捲入作品中，任何手段都能使用（史密斯在此強調任何手段都能使用，不過應該不能違法，應該啦）。此外史密斯也說：「站在臺上的詩人並沒有比觀眾更重要。」也就是說一場詩播臺的成功與否並非只取決於作品以及表現方式，還必須把觀眾的反應納入考量。

一九九〇年，第一場全美詩播臺大會「National Poetry Slam」在垮派詩人們曾經活躍的舊金山舉行（在這之前都只是小型比賽）。來自芝加哥、紐約與舊金山的詩人們齊聚一堂，在三百多位觀眾前進行競賽。一九九三年，第一次的詩播臺國際賽事在法國舉辦，由美國代表隊獲得優勝，使得眾人可以不必跌破眼鏡（眼鏡行：嘖）。一九九九年，創立波士頓詩播臺（Boston Poetry Slam）的詩人麥可・布朗（Michael Brown）也在瑞典首都舉辦了詩播臺的奧林匹克。

詩擂臺奧運舉行的前兩年，也就是一九九七年，一位名叫楠 KATSUNORI（楠かつのり）的詩人（這裡我補充一下，遇到名字中有平假名或片假名的日本人，有些翻譯家會選擇將其翻譯為漢字，我則傾向保留其「音」，因此在此將「かつのり」翻譯為 KATSUNORI）偶然拜訪了美國新墨西哥州中一座美麗但是偏僻到不行的小鎮陶斯。在那裡他見識到一場名為「The World Heavyweight Poetry Bout」的競賽。美國的詩擂臺由於受到垮派影響，加上嘻哈文化的融入，內容常與政治相關，且舞臺張力以及觀眾反應都相當熱烈——彷彿是一場球賽。這個光景想必是赤軍事件後政治運動走向冷感的日本所難以看見的，可以想見當時臺下的楠先生有多麼震撼。

深受震撼的楠 KATSUNORI 決定將這個競技帶回日本，回國後馬上在東京的 STUDIO 錦系町舉辦了日本第一場詩擂臺，並且取名為「詩拳擊」。更詳細的，我們比賽開始後再談，現在要清場了，請各位觀眾先到門口買票。

2-2 比賽開始之前，日本詩朗讀的前世今生

上一節雖然提到是楠 KATSUNORI 將詩擂臺帶進日本，不過這個來自美國強調「表現自我」的競技活動，難以想像可以在日本落地生根。尤其詩擂臺那種激昂的演出方式（想要感受美國詩擂臺氣氛的讀者，可以先翻到下一章看場比賽，再回到這裡，記得要回來），怎麼看都與我們認知中的日本民眾不同。

楠 KATSUNORI 卻成功了，不過這並非完全是他的功勞。詩擂臺之所以可以很快找到參賽者與觀眾，是因為日本早已經有一群詩人熱衷於強調表現方式的詩朗讀，也就是非競技狀態的詩擂臺，而這又與我們的金爺——艾倫・金斯堡（Allen Ginsberg）——脫離不了關係。

一九六〇年，日本詩人諏訪優翻譯了金斯堡的《嚎叫》，金斯堡因此跟著爵士文化一起進入了日本文化圈。

根據日本詩朗讀的先鋒之一白石 KAZUKO（白石かずこ）所言，當時諏訪優相當嚮往垮派作家們如金斯堡、傑克・凱魯亞克（Jack Kerouac）、蓋瑞・史耐德（Gary Snyder），會在肯尼斯・雷克斯雷斯的帶領下一起配合爵士樂演奏讀詩，於是諏訪也召集了多位詩人一同舉辦詩朗讀聚會。白石 KAZUKO 深受其影響，開始到爵士喫茶與學校舉行搭配爵士即興演奏的詩朗讀。

這群在東京舉辦詩朗讀的詩人中，有一位名叫片桐YUZURU（片桐ユズル）（嗯，這些受美國文化影響的詩人們真的很不愛用漢字當名字）。居住過美國舊金山的他也深受垮派影響，神田稔（嗯？這位神田兄是誰？他等一下就會登場，請先假裝認識他）認為片桐想要嘗試的並非重複日本近代詩既有的脈絡，而是嘗試從美國移植新的表現方法。這樣的片桐YUZURU怎麼看都應該跟諏訪等人混在一起，只可惜因為諏訪與白石後來漸漸朝著「詩爵士」的方向前進，讓不熟悉爵士樂的片桐決定改往關西發展。

一九七二年名為HONYARA洞（ほんやら洞）的喫茶店在京都開幕，並且在開幕當年的十月舉行自作詩朗讀活動，聚集在此的詩人有中山容、秋山基夫、有馬敲等人，這些人也被稱為口說派（オーラル派）。隔年，有個人出現在店裡，我們可以腦補一下口說派的詩人可能正在進行例行的詩朗讀活動，臺下觀眾說不上冷清，卻似乎有點感到膩了，臺上的某人覺得這樣下去不行，開始苦惱是否該給演出帶來一點變化，這時候有人大力推開喫茶店的大門，門外強烈的光線讓眾人看不清楚他背光下的樣貌。

那不是別人，正是片桐 YUZURU。

片桐 YUZURU 的加入讓 HONYARA 洞的朗讀會更加熱鬧，進而發行了黑膠唱片《HONYARA 洞的詩人們》。而當時在活動中擔任司儀以及錄音的，就是前面提到的神田稔。

讀到這裡，有些讀者也許會想：我明明對戰後的日本文學不陌生啊，怎麼這些名字我聽都沒聽過呢？這並不奇怪，上面很多名字也是我開始接觸詩朗讀播臺後才第一次聽到，因為這些都是以朗讀為中心的詩人，其中有幾位甚至沒出版過紙本詩集，被介紹到臺灣的機會自然不多。

那麼是否有同時活躍於朗讀與出版的詩人？有的，大家都聽過的谷川俊太郎以及活躍於電影與劇場的寺山修司不只會舉辦現場活動，一九七〇年代開始也會出現在深夜廣播讀詩。另外，詩人吉增剛造被認為是日本詩朗讀演出家的先鋒之一，發行過詩朗讀ＣＤ《芝田山——Poetry Reading》（しばたやま——ポエトリー・リーディング）。直到二〇二一年，九十歲的谷川俊太郎與八十二歲的吉增剛造都仍然活躍於舞臺上。

若是年輕一點的詩人，一九九一年出生，曾獲現代詩手帖賞、中原中也賞，至今已出版四本詩集的文月悠光，也常出沒於詩朗讀群體的活動。二〇二一年也在澀谷的LOFT9，與活躍於日本詩朗讀擂臺的ikoma、GOMESS共同公開即興創作。

來到一九九〇年代，日義混血的日本作家羅伯特・哈里斯（ロバート・ハリス）從澳洲回到日本，擔任ＦＭ電臺J-WAVE的主持人，並且於一九九六年開設「Poetry

Café」（ポエトリー・カフェ）節目，邀請多位詩人到電臺上讀詩。一九九八年開始，東京的書店或咖啡店如 BOOK WORM、Flying Books、TN Probe（TNプローブ）、BeGood Café 開始會舉辦詩朗讀的 Open Mic，就算不是詩人也能上臺朗讀自己的作品。二〇〇〇年九月更是出現了介紹詩朗讀的免費專門誌《POETRY CALENDAR TOKYO》（ポエトリー・カレンダートウキョウ），總共發行一萬多份。

漸漸地「詩朗讀」與刊載在文學媒體與詩集的「詩」開始分道揚鑣，相較於後者追求的是文學上的突破，前者更傾向將標準投射在觀眾上，因此也有娛樂化的傾向，並與饒舌文化接軌，二〇〇八年出現了從 Open Mic 活動出道的「饒舌詩人」（Poetry Rapper）如「狐火」、「不可思議／wonderboy」，這些饒舌詩人除了活躍於舞臺，也會發行個人的詩朗讀專輯。

在與音樂結合方面，除了前面提到的爵士仍然常與詩朗讀搭配，藝人ITOU-

SEIKOU（いとうせいこう）也將詩朗讀與延伸自雷鬼的「迴響」（DUB）音樂結合，組成迴響詩朗讀團體「ITOUSEIKOU is the poet」（いとうせいこう is the poet）。

直到今日，詩朗讀的概念仍然存在於日本的各個領域，除了最大宗的自作詩朗讀，也有人朗讀前人的名作，或是自己認為具有詩意的小說或是漫畫段落。小型舞臺與網路之外，不時也會有詩朗讀的大型活動，甚至有音樂祭等級的「UENO POETORICAN JAM」（ウエノ・ポエトリカン・ジャム），最新一屆在上野水上音樂堂舉辦，參加的詩人有谷川俊太郎、文月悠光、野村喜和夫等人。

若是論市場性，日本的詩集並沒有比臺灣好到哪裡去，能靠寫詩生活的詩人寥寥無幾。然而讀詩的風氣卻蔓延在日本的各個角落，無論是詩人還是素人，眾人皆會站上舞臺讀出自己心中的字句，並非為了賺錢或成名，而只是想表現出平時隱藏起來的那一面。英譯過多本日語詩集的詩人喬登．史密斯（Jordan A.Y. Smith）甚至說過：「東京的詩朗讀相當活躍，說東京是『詩界的首都』亦不為過。」

2-3 於是拳擊開始了

詩擂臺在日本的發展

那麼，比賽開始了，有買票的觀眾請入座。沒有買票的，沒關係，至少你有買書。什麼？你說你還在書店沒有結帳？

這裡我將簡單歸納詩擂臺在日本的兩個發展路線：詩拳擊與POETRY SLAM JAPAN，至於競賽內容與進行方式，將在後面的紀實章節登臺。

1 詩拳擊（詩のボクシング）

前面提到日本詩人楠 KATSUNORI（楠かつのり）從美國新墨西哥州將詩擂臺帶回日本。現在要來談談這項競技如何在日本發展，以及如何與發源地美國走向不同的路線。

回到日本的楠 KATSUNORI 馬上設立了「日本詩拳擊協會」（日本詩のボクシング協会），一九九七年在錦系町（搭乘普通車去成田機場的時候需要在這裡轉車，因此是個交通方便房租又不會過於高昂的地段，相當符合詩擂臺的精神）舉辦了日本第一場的詩擂臺競賽「詩朗讀世界輕量級王座決定戰」。不同於美國的詩擂臺，這場競賽僅找來兩位詩人對決：NEJIME 正一（ねじめ正一）vs. 阿賀猥，評審為詩人谷川俊太郎、八木忠榮以及平田俊子。

為了讓會場更符合「拳擊」的設定，楠還特別找來拳擊場的圍繩，搭配榻榻米將場地布置成擂臺的形式，此外也借來了拳擊的計時鐘，於比賽開始時敲鈴。

據說「詩朗讀世界輕量級王座決定戰」的票券早在開賽前幾日售罄，甚至有買不到票的觀眾站在會場外看著轉播螢幕。我想這應該是今天的臺灣，不，全世界的年輕人都難以想像的事——如今誰還會為了一首詩而甘願風吹雨淋呢？

根據楠KATSUNORI所出版的《詩拳擊　聲之力》（詩のボクシング　声の力），當天規則如下：

「既然名為拳擊，規則當然要跟拳擊相同，因此一回合設定為三分鐘。總共進行十回合，最終回合將以即興詩來對決，這裡的即興詩指的就是現場出題寫詩。對手如果喪失朗讀的意志，就會直接宣布KO。」

當天的優勝者為NEJIME正一。之後詩拳擊的全國競賽持續舉辦，找來多位作家、導演與藝術家如大林宣彥、江國香織、糸井重里、川上弘美、俵万智、奈良美智擔任評審，在二〇〇〇年代初期造成相當大的話題，甚至引來日本電視臺、TBS、富士電視臺、朝日電視臺、東京電視臺的關注及採訪。日後NHK更是製作節目「詩拳擊 燃燒吧！聲音與言葉的格鬥技」（詩のボクシング 燃えろ！声と言葉の格闘技），播放一九九八年後的詩拳擊賽事。

今天臺灣如果有哪位詩人上臺大喊：「燃燒吧！」想必只會招來異樣的眼光，不過我仍然期待未來能有這樣的人出現。

第二回全國大賽中，經過十回合的激戰之後，上一屆評審谷川俊太郎挑戰NEJIME正一成功，成為二代目優勝；三代目優勝為二〇一七年來臺參加過臺北詩歌節的平田俊子；四代目為小說家島田雅彥。二〇〇一年，音樂家SUN PLAZA中野

（サンプラザ中野）挑戰王座失敗，島田雅彥成功衛冕。

除了以上提到由名人參與的王座決定戰，也有舉辦一般民眾的全國淘汰賽、組隊團體賽、高中生競賽、身心障礙競賽、口吃者競賽等等規則迥異的詩拳擊賽，名稱也大多遵循拳擊或摔角式的命名如：詩拳擊 Tag Match（詩のボクシングタッグマッチ）、世界輕量級 Title Match（世界ライト級タイトルマッチ），可見主辦人楠對於拳擊的執著有多深，我不禁猜想他小時候的夢想是否是拳擊手，肌肉卻無法回應他的期待。

2 POETRY SLAM JAPAN（ポエトリースラムジャパン）

邁入二〇一〇年後，儘管楠 KATSUNORI 仍然會舉辦零星的詩拳擊賽事，熱度卻已不若二〇〇〇年初期。但詩擂臺並沒有因此從日本消失，而是更加深入民間。二

〇一五年詩人村田活彥創辦了「POETRY SLAM JAPAN」（ポエトリースラムジャパン），大多是素人自行報名參加，舞臺也從大型場地轉移到咖啡店、Live House，甚至是錢湯。

二〇一五年的第一場ＰＳＪ大會在澀谷的LastWaltz by Shiosai舉行，當時的規則如下：

一、每場競賽時間限制三分鐘
二、裁判從觀眾中選出
三、禁止使用音樂、小道具、特殊服裝
四、朗讀的必須是自作
五、不用背誦，可以攜帶小抄

從東京出發，ＰＳＪ的名聲很快被傳遞到全日本，也開始出現各種地方大賽。二〇一六年舉辦了四次，總共七十二位參賽者。二〇一七年春季舉辦了五次，總共八十九位參賽者；秋季舉辦了六次，總共一百零八位參賽者。二〇一八年舉辦了六次，總共一百一十六名參賽者。二〇一九年舉辦了十次，總共一百三十六名參賽者。在二〇二〇年疫情到來之前，熱度可說是持續增加。

地方大賽的參賽者會晉級至全國大賽，全國大賽的冠軍更是會代表日本參加詩擂臺的世界盃。

二〇二〇年，詩擂臺也難逃疫情的影響，幾乎所有的活動都宣告禁止。畢竟是現場活動而且會有人站在臺上大聲朗讀，不折不扣的大型群聚感染會場。

等到年底這群朗讀詩人終於按捺不住，三木悠莉與喬登・史密斯在二〇二〇年十一月舉行了無觀眾詩擂臺大會「KOTOBA Slam Japan」，由線上觀看直播的觀眾擔任評審，一共舉行了西東京大會、東東京大會、埼玉大會、群馬大會、名古屋大會、大阪大會、福岡大會、假想地方大會，總共八場。

轉移至線上的詩擂臺不僅熱度不減，也讓過往不方便到會場參加競賽的詩人也能參與，吸引了更廣泛的群眾。之後隨著疫情趨緩，KOTOBA Slam Japan 恢復現場舉辦，而疫情期間的經驗也使得多數的競賽同時有線上轉播。

疫情並不會擊倒詩人們，滯銷的詩集才會。

2-4 詩擂臺的政治性

文學發展到二十世紀，作品主軸早已不是吟遊詩人時代的英雄神話，諸多國家對於文學的定義也從集體民族記憶轉變為個人經驗，朗讀因此被視為是庶民思想的展現，甚至可能被當權者視作威脅。譬如一九三〇年代的蘇聯，詩人們會躲藏在自家地下室等等不會被監視的場所舉辦讀詩會，成為挑戰社會與政治的場域。

前面提到美國與日本的詩朗讀很大一部分受到垮派影響，而垮派剛好就是一群對社會有諸多不滿的作家。垮派的英文「Beat Generation」中的「Beat」除了與爵士樂相關，根據艾倫・金斯堡所言，還有「不眠不休、睜開雙眼、時時具備洞察力、拒絕社會」的意義。而金斯堡在「Six Gallery Reading」上一鳴驚人的〈嚎叫〉，也是政治意味相當強烈的內容：

> 他們出沒於西海岸留著鬍鬚身穿短褲追查聯邦調查局，他們皮膚深色襯得反戰主義者們睜大的雙眼十分性感他們散發著費解的傳單，
> 他們在胳膊上烙滿香菸洞口抗議資本主義整治沉醉者的菸草陰霾，
> 他們在聯合廣場分發超共產主義小冊子，哭泣，脫衣而洛塞勒摩斯的警笛卻掃倒了他們，掃倒了牆，斯塔登島的渡船也哭號起來，
>
> ——節錄自艾倫・金斯堡〈嚎叫〉，文楚安譯

後來詩朗讀的主角逐漸從文人轉移到民間，活動形式從精英式的小型聚會變成眾人皆能報名參與的 Open Mic。

Open Mic 可以追溯到一九三〇年代非裔美國人針對種族歧視的街頭演說，因此內容大多政治意味濃厚。當詩朗讀與 Open Mic 結合，自然吸引了不少有色人種來抒發對種族歧視的不滿，譬如我二〇二〇年到美國紐約觀戰了幾場詩擂臺，參賽者多半是有色人種，詩的主題也大多與種族相關。詩朗讀發展成詩擂臺競技之後，政治性強烈的作品更能夠勾引觀眾的情緒，藉此得到高分獲得優勝，使得這般作品依然位居舞臺上的主流。

至於日本方面，雖然小劇場一度在大正末年走向左翼化，使得當時有不少詩人熱衷於上臺朗讀普羅文學的詩，然而我們都知道日本在一九七〇年代前後經歷過不少政治運動之後，導致民眾普遍對政治感到冷感甚至是厭煩，這點也深深影響到詩擂臺的主題。

不同於美國詩擂臺強烈的政治意識，日本詩擂臺或詩朗讀的作品內容大致專注在個人情緒與經驗（可參考訪談C最後，遠藤HITSUJI的作品）。創辦日本詩拳擊協會的楠KATSUNORI也說：「相較於美國（詩擂臺）傾向讓觀眾去感受語言的力量與社會性，日本（詩拳擊）更加強調的是競技的娛樂性。」日本詩擂臺之所以忽略美國詩擂臺原生的政治性，我大略推論有三個原因：

一、儘管日本多少也有種族（國族）問題，卻不若美國總是浮上檯面。因此就算詩朗讀擂臺上偶有著墨，卻只是少數。

二、回顧日本的詩（歌）史，政治詩一直都佔少數：過往的和歌與俳句幾乎都在歌詠自然或抒發個人，大正初期曾曇花一現的普羅文學，也很快因為政治因素而走下舞臺，昭和後改由「四季派」的三好達治、丸山薫、田中冬二、立原道造、伊東静雄、津村信夫等人掌握話語權。這些四季派詩人們傾向書寫「自然」。此外，當時還有一批現代主義詩人，作品也都是關乎個人，或是受到達達主義的影響而將寫作訴諸無意識。

日本戰敗後，詩人們開始檢討過往的寫作路線，決定徹底從頭來過。詩人鮎川信夫在〈無祖國精神〉（祖国なき精神）中主張：「還沒燒完的就應該讓其燃燒殆盡。詩接下來的出發點，至少要從徹底的灰燼中重新開始。」以及：「當凡庸的精神被各種基於盲目愛國心的鎖所束縛，詩人就必須把祖國拋之腦後。」戰後的詩人們為了拋棄日本過去的民族主義，開始訴諸想像力（以荒地派為首）與挫折感（例如詩人關根弘）。而就連當時少數支持寫實主義的詩人如濱田知章、井上俊夫等人，走的路線也非客觀描寫現實，而是將現實「再構築」。在這樣的背景下，日本要出現政治詩的可能性比起其他國家要低上許多。

三、本書也訪問了定期會舉辦詩朗讀 Open Mic 活動的遠藤 HITSUJI，他認為在日本中，會參加詩朗讀擂臺的人大多是想追求一個群體歸屬，因此會希望氣氛「平和」。這導致容易起爭議的政治題材較少被提及，相較之下甚至會出現徹底不同方向的幽默。

不過，這並不表示日本的詩朗讀擂臺完全與政治無緣。反例之一是前面提到的詩擂臺先鋒白石KAZUKO，在一九七〇年代後半開始與女性主義搭上線，朗讀了許多關於性別的詩，提倡性解放的詩集《神聖淫者的季節》也獲得被稱為「日本詩壇芥川賞」的H氏賞。

另外還要介紹一位歌人：福島泰樹。參加過學生運動的他一九七六年開始舉辦「短歌絕叫Concert」（短歌絶叫コンサート）至今，每個月一次在吉祥寺的Live House曼荼羅（ライブハウス曼荼羅）以自身特有的方式朗讀短歌，並時常強調自己反安保與反核的立場。福島泰樹看似與我們今天談論的詩擂臺屬於不同系譜，注重演出、舞臺魅力的朗讀形式卻如出一轍，不少詩擂臺的參賽者都表明自己深受其影響。

再舉例一位是迴響音樂詩朗讀團體「ITOUSEIKOU is the poet」（いとうせいこう is the poet），他們於二〇〇九年發行了詩朗讀ＣＤ「抗議緬甸軍事政權的詩朗讀QUIET」（ミャンマー軍事政権に抗議するポエトリー・リーディングQUIET），也是日本少見直接與政治連結的詩朗讀作品。

談到政治性，當然也不能不談Open Mic這個形式。

本章前面有提到一九九八年開始，東京的書店或咖啡店開始會舉辦詩朗讀的Open Mic。被稱為Open Mic聖地的高田馬場Ben's Café更是到二〇二〇年每週都會舉辦「Open Mic Poetry Reading Slam」（オープン・マイク・ポエトリー・リーディング・スラム），直到疫情來襲才被迫中斷。

詩拳擊儘管從一九九九年就已經開放一般民眾報名參加淘汰賽，目光仍容易聚焦在名人參與的王座戰。等到二〇一五年出現的POETRY SLAM JAPAN全面開放自由報名，日本詩播臺正式從「名人的詩拳擊」成為「一般市民的Open Mic詩播臺」。

臺上的朗讀人從包袱較多的名人轉移到素人身上後，政治性的題材便開始增加。譬如我二〇二〇年十一月二十一日考察的「胎動二〇二〇」就出現了一位名為「Hill Upper」的朗讀者，詩作的主題是「應該停止歧視外國籍研修生」（以研修生為名義來到日本的外籍勞動者，多從事危險性高的工作）。

另外，就算內容的政治意味不強烈，Open Mic這種形式本身就具有相當的政治性。朗讀主體從名人轉變成民眾，宣示出「任何人都能發聲」這件事。

朗讀人的身分改變之後，作品也有諸多轉變。專業詩人朗讀的自然是較有技巧的作品；素人則傾向朗讀更加口語及生活化的內容，即興詩的出現頻率也比過去高上許多。民眾的參與印證了寺山修司之前說過朗讀這項行為的本質是：「把日常生活的語言變質成詩，形成一種侵犯式的言語革命。」

經由Open Mic的舉辦，詩的概念也逐漸與其他文類融合，高田馬場Ben's Café的活動雖然名為「Poetry Reading Slam」，卻又強調「除了詩之外，也歡迎朗讀俳句短歌、演說、小劇場、自言自語，只要是透過語言表現任何內容皆可。」而二〇一五年舉辦過多場詩朗讀活動的「胎動Label」（胎動レーベル）也會在活動中強調「超越文類之壁」，以上都可以看見是日本詩朗讀擂臺中政治性的幽微展現。

本節畢竟是比較嚴肅的內容，所以沒有太多玩笑話，請各位見諒。美國考察的章節會比較多，而且那個笑料是我自己（開始對著鏡子上小丑妝）。

喝酒中的島田雅彥。

訪談A

專訪詩拳擊衛冕王者島田雅彥

二〇二一年六月，我久違地回到母校法政大學。

原本計畫二〇二〇年二月到美國考察完詩擂臺之後，直接搭飛機返回東京。想不到隨著我們在美國的車子一路往紐約開，也看到亞洲的疫情逐漸嚴峻。離開美國當天，儘管日本尚未鎖國，疫情的狀況卻不甚樂觀，於是我決定先回到臺灣觀察狀況。

後來果不其然日本進入緊急狀態，各級學校皆延後開學並改為線上授課。十月回到日本後依然沒有恢復實體上課，學校也說非必要的話不要到校，因此我始終沒有回到法政大學。

照理說我最有可能進到學校的日期，是二〇二一年三月的畢業典禮，不過我們學校的各種大型活動，譬如開學式與畢業典禮會選在隔壁的日本武道館舉行，因此當日我只有路過而沒有進到校園。

為什麼會選在日本武道館舉行？原因之一是武道館畢竟為日本的代表性會場，既然在隔壁不好好利用當然可惜。然而更重要的原因是：我們學校有夠小，小到沒有地方舉辦畢業典禮。

有些人可能會想，法政大學的學生不是很多嗎？這麼小的話學生要去哪裡？答案是我們學校面積雖小，容積卻不小，因為校園中有一棟二十七層樓的布瓦索納德塔（ボアソナード・タワー），教授的研究室以及我大部分課程的教室都在其中。

天氣好的話，布瓦索納德塔中的窗戶甚至可以直接看到富士山。我曾到最高層的教室參加活動，二十七樓看到的東京市中心景色完全不輸那些需要付費的觀景臺。不過在同一棟大樓裡待太久難免會覺得悶，於是有時候我會與同學一起搭乘總是在排隊的電梯，到學校旁的河邊吃午餐。

再來介紹一下我的指導教授島田雅彥，本書開頭我有稍微提到他的背景，這裡我則想補充一點佚事：

一、出眾的外貌讓島田教授獲得不少演出電影的機會，除了前面提到的那些「相對正常」的電影之外，另外還演出過特攝電視劇《ネオ・ウルトラQ》，角色是劇中的怪博士屋島教授。

二、文學之餘島田教授也以擅長料理聞名，不過我始終懷疑是都市傳說，直到二〇一九年九月整間研究室到他家作客，嚐到了他一邊抽菸一邊完成的料理，才確認了他真的有料理才能。

三、家裡設有一根連接二樓到一樓的鋼管，以便快速從書房下樓到客廳。

根據以上資料，諸位讀者應該都能感受到他不是什麼典型的文學院教授。訪談當天我回到懷念的布瓦索納德塔，搭乘電梯來到島田教授研究室所在的層樓。由於不知道訪談會花上多少時間，我決定先去一趟廁所，結果看到島田教授也在其中。

「老師，一年不見。」我說。

「啊啊，好久不見。」剛上完廁所的教授說。

這種非典型的重逢方式真是太適合島田教授了，當時的我心想。

我們回到研究室，他馬上從冰箱中拿出蛋糕，以及一大壺威士忌，這壺威士忌並沒有讓我感到驚訝，畢竟我不是第一次在這裡喝酒。比較讓我驚訝的反而是蛋糕。

稍微聊了一下這一年來的近況之後，訪談開始。

我：首先我想問老師最初為什麼會參加詩拳擊競賽？

島田：我在電視臺偶然認識了楠 KATSUNORI，他告訴我自己正在主辦詩拳擊競賽。那陣子我在寫歌劇的腳本，正好也是以演出為前提的文字。在那之前我寫過校歌，也有幫ＮＨＫ寫過合唱曲，楠 KATSUNORI 就問我願不願意參賽。

不過當時的我畢竟沒有發表過幾首詩，因此是以小說家的身分上臺挑戰。對手平田俊子是非常重要的詩人，因此我就想說就算輸了也理所當然，同時抱著「輕鬆」與「可不要小看小說家啊」的心情答應了。當時的競賽是模擬拳擊賽的場地，非常強調表演性，我能準備的就是不斷用自己的方式練習。

讀起來很優秀的詩不代表朗讀起來也會同樣動人。朗讀的限制時間是三分鐘，而且不能給評審與觀眾任何文本，完全是靠自己的聲音。這般情況下訴諸強烈情感會比較吃香，另外朗讀時的韻律也很重要。不過日語詩很難押韻，所以主要是考慮節奏的部分。

視覺也相當重要。當天的打扮也必須考量，我特別製作了一件圍裙。

我：啊，圍裙的事我後面會問到。

島田：總之我花了比預期還要多的時間準備。比賽總共有十Round，最後一Round必須是當場即興創作，因此必須準備九首以上的詩，前後大概花了我五天的時間寫成。

我：從受邀到比賽當天，中間大概有多少時間準備？

島田：兩個月左右。

實際的拳擊比賽可能有十Round或是十二Round，因此體力的分配很重要。詩拳擊的話則是作品的配置相當重要，要考量到對方可能會搬出怎麼樣的作品，並適時給予回擊。最重要的還是當天的判斷，先攻後攻的順序每回合都會改變，因此作品的順序也要依此改變。

畢竟是有勝負的比賽，贏了之後酒才會變好喝，為了求勝其實九首詩不夠。

我：老師當時準備了幾首？

島田：十一首左右，也有準備一些可能會放進即興詩中的素材。此外我也讀了對手平田俊子過去的作品。

我：比賽還有奪冠的時候是什麼樣的心情？

島田：比賽的時候也會默默幫自己打分數，譬如「啊，這Round應該輸了。」「兩邊應該勢均力敵。」等等。當天的評審是俵万智、高橋睦郎，以及川上弘美。當時我覺得川上弘美一定會選擇平田俊子，因此必須拿到另外兩位評審的分數，最後的結果還真的是如此。

比賽的時間很長，因此戰略非常重要。

（此刻我們停下來喝了幾口威士忌）

我：觀眾的反應也會影響表現嗎？

島田：當然，觀眾反應好的話，演出的時候會更有餘裕，反之則會有點緊張，甚至越讀越小聲，動作也會越來越保守，所以討好觀眾相當重要。但是討好有個限度，如果做過頭讓觀眾明顯意識到你在討好他們，就會變成反效果。

我：老師有使用特別誇張的演出方式嗎？

島田：沒有，畢竟舞臺演出我沒什麼經驗，過去頂多就是在電影中登場。不過現在不一樣了，成為教授之後慢慢發現到在大教室上課或是演講都是一種演出。另外我也會到政治場合演說，幫政治人物拉票等等，這些都是演出，而且還會被錄影上傳到網路上，不知道會收到什麼樣的評語，因此加倍緊張。

後來有幾次被介紹是詩拳擊競賽的優勝者，結果對方只聽到「拳擊」沒有聽到「詩」，就會問我說：「是拳擊手嗎？」我就會回答：「不是拳擊，是言語的暴力。」

我：這裡我想問剛剛提到的圍裙，根據我手上的資料，老師當天的圍裙上還印著大衛像的圖片，這有什麼用意呢？

島田：其實沒什麼特別的用意。圍裙之外我本來穿著一件外套，一上臺後為了舞臺效果脫掉外套，秀出圍裙上米開朗基羅大衛像的肌肉，希望能藉此削弱對方的氣勢。

我：圍裙是特別訂做的嗎？

島田：是之前到威尼斯旅遊的時候買的，只是路邊攤販，卡車上賣的那種，之前一直沒有機會穿。

我：老師剛剛提到第十 Round 是即興詩的對決。雖然我自己是詩人，不過仔細想想好像沒寫過即興詩。當天的即興詩有什麼規則？譬如是一定要用什麼詞彙嗎？即興詩的題目決定後到上臺有多少時間可以準備？

島田：是各自用抽籤的方式選出一種主題，決定後只有一分鐘的準備時間。

我：一分鐘寫得出來嗎？

島田：我寫詩的時候都有基本的SVO，也就是主語、術語與目的語，遵從這個規則之後再嘗試去抽換其中的概念、抽象詞彙或是形容詞，就能很快組成新的作品。所以比賽前可以事先準備一個即興詩的範本。

我：這個範本是記在腦袋裡嗎？還是可以帶小抄？

島田：可以帶小抄。

我：隔年的防衛戰也是這個狀況嗎？

島田：沒錯。只要能在即興詩一戰勝過對手，氣勢就贏了很多。能夠在完全沒有準備的情況下寫出即興詩的，大概只有薩滿吧。或是一定要先喝醉酒。

我：比賽現場可以喝酒嗎？

島田：可以。最能夠讓人激動的情緒果然是憤怒，充滿憤怒或苦悶的人可以一口氣說出很多話。不過憤怒的語言也有分優劣，有些只是隨意謾罵，有些卻能夠撼動人心。

我：根據我的考察，美國的詩擂臺大多是帶著憤怒的情緒控訴社會，都是些政治性強烈的內容。這點日本似乎不太一樣。

島田：日本畢竟是個連社會運動都很少出現的國家。一九七〇年代的社運結束後，已經將近五十年沒有什麼大型社會運動了。日本沒有歐洲或美國那般的移民或種族問題。不過我認為歧視應該是不分國家的問題，每個人心中多少都有與生俱來的歧視，對抗歧視就是在跟自己戰鬥。就是能夠戰勝這份歧視的人，就是所謂的知識人。

我：參加過詩拳擊過後，老師還有參與過任何類似的活動嗎？或是在公開場合讀詩。

島田：以前的日本詩人沒有朗讀自作的習慣，更古早的時代也許有，不過二十世紀後的轉變主要是受到美國影響。至於小說就不用說了，很少有小說家會在眾人面前朗讀。

這點我算是異類，我會朗讀小說。澀谷有間名叫 Jean-Jean（ジァン・ジァン）的小劇場，大約二十五年前我跟幾位小說家一起在那邊朗讀過作品。另外駒場的日本近代文學館，他們有一個聲音圖書館的企劃，找一些還在世的作家，當然是快死掉的優先，錄下他們朗讀作品的聲音，而這個企劃就是由我提案的。

我：老師當時為什麼會想提案這個計畫？

島田：我一直都認為聲音資料非常重要，而這只有在作家本人還在世的時候才能蒐集。過去很多文豪的聲音都沒有被留下來，Youtube 找一下的話，一些有朗讀習慣的作家如三島或谷崎的聲音也許還找得到，其他作家就沒有聲音留下。

聽作家朗讀是件有趣的事，譬如聽到川端康成的朗讀就會發現：「啊，他果然是大阪出生的。」谷崎雖然住在關西，但是由於是出生在江戶，口音上也聽得出差異。

我：可以得到很多紙本文獻所沒有的資訊。

島田：說到底最早的文學都是口傳文學，譬如古希臘的吟遊詩人就是在廣場上對著大眾讀詩。日本也有口傳文學的傳統，特別是在關西，後來演變成浪曲或落語，這種傳統一直延續到大正時代。另外明治時代也有滯留在日本的英國人公開用日語朗讀英國文學，有人抄寫下來刊載在報紙上，就成了那些作品的翻譯文本。演變到現在，最能夠看見口說藝術的反而是政治演說，有很多人其實是為了娛樂才去聽政治明星演說。詩與小說的朗讀，落語跟政治演說，其實都是一樣的基礎。去過國外走一圈就知道，英語與俄語圈的作家在寫作時都會考量到朗讀出來的節奏，在朗讀這些文本的時候都有一些音調的規則，如此能讓觀眾更容易理解。由於我是學俄國文學出生的，這點受到他們不少影響，在寫作日語小說的時候也都會在此下功夫。

我：最後我想問的是，老師後來有出版一本詩集《自由人的祈禱》（自由人の祈り）。裡面有收錄詩拳擊競賽之際朗讀的作品嗎？

島田：有，全部都收在裡面。

我：後來還有繼續寫詩嗎？

島田：有喔，寫詩跟寫小說的作業方式完全不同，我很樂在其中。有點像在玩拼圖，畫圖跟做雕刻的人可能也能理解：啊這裡需要再削掉一點，啊，這裡還需要加一個字。另外我也會寫歌劇的腳本，今年九月有一場預計會在新國立劇場演出。

我：我準備的問題差不多到這裡。

島田：是嗎？來，再喝一點酒。你蛋糕都沒吃。

ROUND 3

最誠實的空間

——美國詩朗讀擂臺紀實

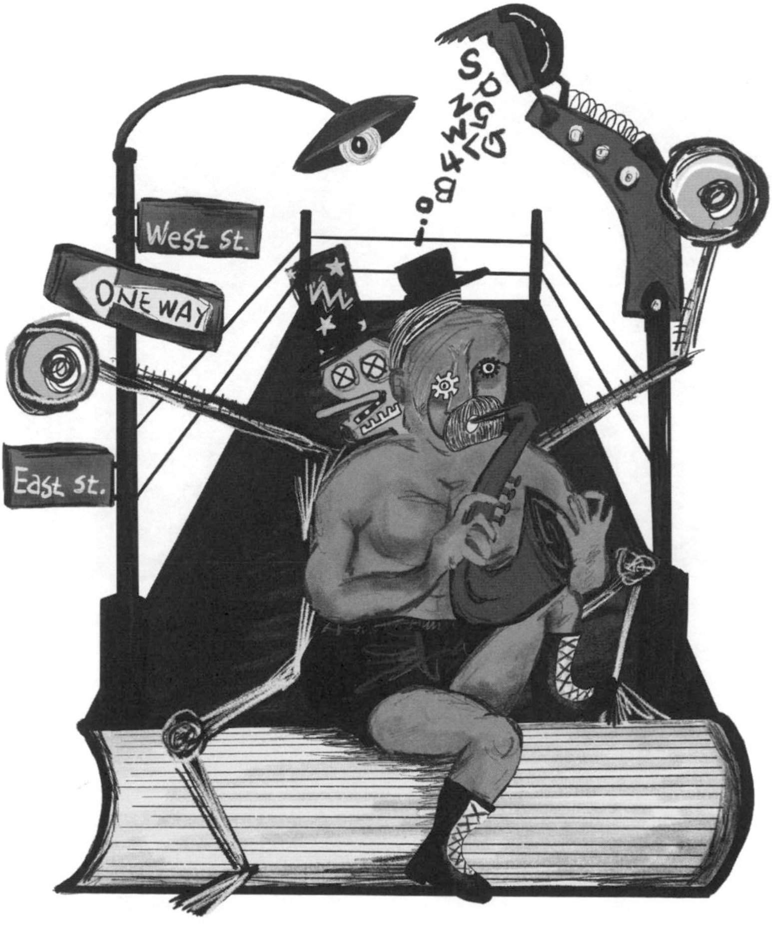

車子逐漸靠近一間位於空曠的道路旁，黑暗中獨自亮著招牌的熱狗店。店裡有一群年齡約二十上下的小夥子正在嬉鬧，他們看向我與阿傑這兩位明顯不是在地穿著的人。

3-1 離開芝加哥之前

錯誤的開端

之所以會考察詩朗讀擂臺，除了前述那些冠冕堂皇的理由，還有一個原因：「這樣一來我就能順理成章地到處旅遊。」一剛開始只是計畫周遊日本各縣市來個巡迴考察（可惜後來遇到疫情被迫取消），某天在東京的住處沖澡之際，突然間產生狂妄的想法：「我何不乾脆去美國看看？」

沖澡之際真的容易出現突發奇想，我有不少詩作即是在沖澡的時候想到的，建議各位讀者沖澡的時候不要去想一些毫無想像力的生活瑣事，可以試著放空自我，讓熱水帶領你到前所未有的地方。而就個人經驗來看，泡澡的效果又比沖澡更好，可惜我旅居日本期間的住處大多沒有浴缸。

興起「去美國」的念頭之後，我先是聯絡了旅居美國多年的國中同學ＧＢ，得知他現在住在芝加哥附近。芝加哥？不就是詩擂臺發源地嗎？這個巧合讓我毅然決定成行。

儘管我已經跑遍日本各地，對於美國的印象卻停留在幼稚園時期隨父母一同去舊金山探望親戚（我只記得住宅區的水溝裡都是美洲蟑螂）。多少有點怯場的情況下，我決定以「到美國找ＧＢ」為名義，拉了另一位國中同學阿傑加入旅程。

ＧＢ由於工作的緣故無法全程參與，於是行程交由我與阿傑一同安排，殊不知那就是錯誤的開始——兩個從未獨立踏上美國的臺灣青年根本無法想像美國有多廣袤。

「嗯，五天從芝加哥慢慢開到紐約，沒問題吧？」

「五天應該夠了吧？」

熟知美國的讀者應該都知道，不是開不到，但絕對不是「慢慢」。這個錯誤的決定讓這趟美國行有一半的時間都在高速公路上。我想起日本曾有綜藝節目街訪東京人，要求他們安排北海道旅遊，幾位毫無概念的東京人將車程需要十小時以上的景點安排在同一天。電視機前的我跟著主持人嘲笑這些人毫無概念，殊不知多年後的我也做出一樣的蠢事。

啊，美國實在是太大了。

我倆也沒有將行程交給ＧＢ檢查，就這樣帶著錯誤的心情訂了機票與旅館。一口氣訂好十四個晚上的旅館相當耗神，到後面我們幾乎沒有多花心思就按下預定鍵，很慶幸沒有住到那種半夜會有陌生人來敲門的汽車旅館。

二〇二〇年二月十四日我與阿傑搭上飛機，由於出發前正好碰上疫情出現（當時還不知道這場疫情將會席捲全世界），我們在機上全程戴著口罩、眼罩與頸枕，陷入完全的黑暗之中。也多虧這個黑暗，讓長途旅程沒有想像中難受，途中我記得只看了兩部電影，以及讀了詩播臺創辦人馬克・史密斯的書。

冬夜的芝加哥氣溫約攝氏零下十度，儘管出發前曾對自己說：「都曾在將近零下二十度的北海道泡過溫泉了，這種氣溫不算什麼。」走出歐海爾國際機場感受到寒風的瞬間我仍不自覺地縮起身體，仔細想想北海道泡溫泉也是十年前的事了。

習慣臺灣天氣的阿傑瞪大雙眼。「我為什麼在這裡？」他說。

與ＧＢ在機場大廳會合，大雪中一同走進他那輛二手黑色馬自達，副駕駛座放著幾條毛巾，以及讓我感受到濃厚異國感的除冰劑。我們開始在車上討論晚餐要吃什麼，抵達美國的第一餐自然要有些在地風情，對於美國飲食文化知識貧乏的我與阿傑卻又想不出漢堡以外的選擇。

「不然就吃熱狗吧。」ＧＢ說。

我們乘坐ＧＢ的黑色馬自達進城，途中經過詩播臺的發源地 Get Me High Lounge，可惜的是近期賽事才剛結束，因此我沒能進入一探究竟。

Get Me High Lounge 從外觀上來看就只是間普通到不行的紅磚建築，最常光顧此間的，也許是住在附近的蓄鬍大叔。他會在下班後推門走進，坐在吧檯前的老位子上點一杯啤酒，聽著舞臺上不知名的小夥子彈奏不太好聽的音樂。

他也常聽到有人上臺讀……那些應該是詩吧？畢竟活動的名稱就叫 Poetry Slam。

「他們今天也是在讀詩嗎？」他問認識了二十多年，互相見證彼此從青年逐漸老去的酒保說。

「是啊，Poetry。」

臺下歡呼掌聲，大叔將啤酒一飲而盡，他覺得自己老了，卻又感覺到異常舒暢。

「我走了。」

「明天見。」

等到我結束空想，黑色馬自達早已駛離 Get Me High Lounge。阿傑似乎已經適應了芝加哥的空氣——不，應該是暖氣才對——自在地滑著手機。車子逐漸靠近一間位於空曠的道路旁，黑暗中獨自亮著招牌的熱狗店。店裡有一群年齡約二十上下的小夥子正在嬉鬧，他們看向我與阿傑這兩位明顯不是在地穿著的人。

點好熱狗之後的我看著窗外的雪，阿傑則忙著將不敢吃的酸黃瓜挑出來。

「明天還會下雪嗎？」我問ＧＢ。

「這幾天好像都很冷。」

「店員怎麼放這麼多酸黃瓜？」阿傑說。

我興奮於周遭的一切異國符號，同時也擔憂自己是否能完成考察的任務。而接下來的經歷沒有辜負我的興奮與擔憂：這趟旅程確實會留下諸多難忘的經歷，儘管未必都是好事……

3-2 第一場考察

Nuyorican Poets Cafe

有些讀完上一節的讀者可能會想：「所以說那個詩朗讀擂臺呢？」對於一直在寫旅途瑣事我也有點慚愧，不過這趟旅途實在有太多值得記錄的細節，長度又沒有長到能夠單獨集結成冊，於是決定記錄在這裡。

為了兼顧只想了解詩朗讀擂臺的讀者，在此我暫時把旅途見聞放到一邊，先把場景跳到紐約。

二〇二〇年二月二十一日，星期五，我正式開始了詩朗讀擂臺的考察旅程。

拜訪紐約的第一站是曼哈頓東村附近的詩擂臺聖地 Nuyorican Poets Cafe，「Nuyorican」這個詞由「New York」與「Puerto Rican」結合而成。此處最初僅是詩人的聚會所，後來由詩人鮑伯．霍爾曼（Bob Holman）從芝加哥引進詩擂臺，成為紐約第一個舉辦詩擂臺的場地。

晚上九點我走出位於布魯克林的旅館，人生首度走進紐約的地鐵站。難以操作的售票機讓我摸索了一陣子才成功買到票，想不到下一瞬間就看到有民眾直接翻越柵欄違法進站。

紐約的地鐵，該怎麼形容呢？前幾天我已經體驗過華盛頓的地鐵，相較於臺北或東京完全不能稱為乾淨，但還屬於可以接受的範圍。然而當我踏進紐約的地鐵站，馬上恨不得自己不需要呼吸或是能夠暫時失去嗅覺。

我強忍著氣味，凝視車廂中搖晃昏暗的光線——可能是光線的緣故，地鐵中的每個人看來都心事重重。好不容易抵達 2nd Avenue 站，回到戶外迎面而來的除了清新的空氣（但也沒有多清新），還有生在南方島嶼的我從未感受到的溫差——前幾天明明還在華盛頓穿著短袖散步，如今卻像是犯罪者般把身體縮進大衣。

地鐵站附近有幾間裝潢典雅卻又不至於太過奢侈的餐館，幾個人坐在戶外喝著酒。Nuyorican Poets Cafe 的入口以白字寫著地址與電話，沒有窗戶可以瞥見其中，遠遠看就像是間普通的小型夜店或 Live House，難以想像其中所承載的歷史。

參賽者逐一上臺讀詩，以冷靜或高昂的語調，以細微或激烈的肢體動作。有人沉穩如畢業典禮上的發言，有人如政治演說般振臂高呼。

我詢問站在門口抽菸的非裔女子今天是否是詩擂臺競賽，她點點頭，接著打量了一下我這身明顯不是紐約人的穿著。日本？韓國？她可能會這麼想，但我想她應該猜不到是臺灣。這讓我想起初到紐約停好車之後，身材壯碩的停車場大哥問我從哪裡來。

「臺灣。」我跟停車場的大哥說。

「臺灣？是日本的一部分嗎？」他問我。

「不是，不過我們離日本很近。」我說。

大哥似懂非懂地摸摸頭，他可能正在想：「都是亞洲，何必分那麼細？」

原以為提早十分鐘入場即綽綽有餘，推開Nuyorican Poets Cafe的大門後卻座無虛席，我只好同其他沒有座位的觀眾站在吧檯邊的角落，掙扎著自己該不該點一杯啤酒。

與其說是Cafe，裝潢其實更像一間美式酒吧。現場觀眾大約一百人，舞臺兩側坐著各種膚色的觀眾，有的竊竊私語，有的則拿出手機攝影。群眾中的亞洲面孔不多，就算有也跟我的打扮大相逕庭。我感到自己格格不入，只能倚在牆角故作鎮定。身前的藍髮女子不斷回頭看向入口，可能是想確認朋友到底來了沒。

緊張的我不斷啜飲啤酒，心想比賽到底什麼時候才要開始。不久後燈光終於暗下，重新亮起後穿著針織毛衣留著爆炸頭的非裔主持人拿著麥克風出現，以掌聲為背景介紹今天的規則如下：

一、從觀眾中選出五位評審

二、參賽者各自上臺讀詩並接受評分，每位評審的最高給分為十分，以五位評審的總分計算

三、評審給分時觀眾可以用鼓掌或噓聲表示是否贊同

四、預賽取前五名進入複賽，複賽取三名進入決賽

主持人如此形容何謂他心目中滿分的詩：讓你感受到的不是性愛高潮的瞬間，而是高潮過後接觸到枕頭的那一刻，他比出手勢，拍了一下不存在的枕頭，啪！

解說完規則的主持人自己先秀了一段詩朗讀，接著競賽正式開始。

參賽者逐一上臺讀詩，以冷靜或高昂的語調，以細微或激烈的肢體動作。有人沉穩如畢業典禮上的發言，有人如政治演說般振臂高呼；有人義憤填膺，也有人訴諸悲情。比賽途中觀眾大多全神貫注，最大的動作是舉起酒瓶喝一口啤酒。

朗讀結束，五位從觀眾選出的評審輪流舉起寫有分數的白板。八分，不算高，覺得應該更高分的觀眾因而發出噓聲。九分，還不錯，眾人鼓掌。九分，又是一個九

分，鼓掌之外有人開始吹口哨。九．九分，只差一點就滿分了，那麼……十分，十分果然出現了，觀眾像是瘋掉了一般歡呼。

我看著臺上賣力讀詩的參賽者、發聲表示認同的群眾、紫色的燈光、昏暗的場地、專屬於英語的韻腳——我這才回過神來發現自己闖入了紐約的異空間，不對，或許這裡才是真正的紐約。這裡與紐約的地鐵一般昏暗、與時代廣場一般吵雜，這裡沒有華爾街的紙醉金迷，卻似乎才是紐約的核心。

詩朗讀播臺向來是個有色人種公開控訴種族歧視的絕佳機會，加上正值非裔美國人歷史月（Black History Month），當天的參賽者皆為非裔人士，主題也幾乎都是在宣洩對於白人的不滿（臺下的白人觀眾們也都不吝於鼓掌贊同）。

值得一提的是，由於詩句裡充滿了憤懣，觀眾會在朗誦途中根據內容給予 yeah、

come on、damn或吹口哨……等等回應，這時我不得不佩服日本詩拳擊創辦人楠KATSUNORI當初的取名，現場氣氛確實如同拳擊般激昂。

不過我畢竟不生在美國，對於美國種族衝突的知識僅來自於書本、新聞或電影。我能夠從參賽者的語調與肢體感受到他的怨憤，然而當我跟著眾人一起鼓掌的時候，多少還是帶著一點心虛——我是真的認同？還是逢場作戲？

今日為週五夜的複賽，參賽者皆為週三夜，也就是前兩天沒有被淘汰的優勝者，由此可見這項競賽的人氣之高。第一階段共有十位參賽者，從其中淘汰五位，第二階段再淘汰兩位，最後剩下三位進入決賽，分別是A：大個子大鬍子男子、B：短髮微胖的女子、C：綁著辮子頭較為瘦小的男子，而三位都是非裔人士。

不同於另外兩位參賽者，A所選擇的題材並非種族議題，而是提及家暴與童年，朗讀的語調與魁梧的身材呈現反差，相當緩慢且四平八穩。

參賽者B在朗讀時沒有太多的肢體動作，語調堅毅而不過度誇張。

參賽者C讀詩時的語調彷彿在與人辯論，肢體動作則激烈到我無法幫他拍下沒有殘影的照片，辮子頭隨著動作而上下甩動，朗讀過程中站在我後面的觀眾甚至一直喊：「come on! come on!」

詩擂臺畢竟是相當重視觀眾反應的場合，作品的文學性再高，表現方式再有創意，只要沒有打動觀眾，就難以取得優勝。決賽中得到最多反應的就屬參賽者C，因而順理成章地拿下了冠軍，整場比賽在掌聲與歡呼聲中結束。

加碼過後的獎金出乎意料地低（可見參賽者並非為了獎金而來），只有二十美金——主持人最後也不忘酸了一下紐約的高物價，說這是個在紐約什麼事也做不了的金額。

沒錯，在紐約光是停車一小時就要價十美金，二十美金真的什麼也做不了。不過我倒是成功只花二十美金在旅館附近停車五天，這個故事就留到後面再談。

匹茲堡的生魚片，與其說是鮪魚，我覺得更像某種熱帶水果。

3-3 總之就是往東邊開，途中差點被拖吊

離開芝加哥當天，我們拿著預約好的租車單到機場的租車櫃檯，櫃檯後是一位棕色頭髮的白人女子。她確認過我們的資料，幾乎要將鑰匙交到我手上之際，突然眉頭一皺問說：「你們最遠會開到哪裡？」

「紐約。」ＧＢ用流利的英文回答。

「不好意思，因為跨州執照還沒通過，我們公司的車輛沒辦法離開伊利諾州。」

我們頓時慌了手腳，沒辦法離開伊利諾州？那不就變成伊利諾州十四天遊了？最重要的是我預約好的詩朗讀擂臺門票都在紐約。我們只好取消車輛，緊急移動到隔壁櫃檯，雖然該間公司的車子可以跨州，價格卻遠遠超乎我們的預算。

「如果是提前預約的話會有折扣，但是你們今天就需要車子，所以是這個價格。」店員說。

「剛才那名店員的眼睛好像哈士奇。」離開櫃檯之後，阿傑這麼說。

GB只好拿出手機，開始搜尋他記憶中的美國租車公司，終於找到一間價格合理且可以跨州的選擇。

「有一臺TOYOTA RAV4，可以吧？」

「很省油，不錯啊。」

於是我們離開機場擠進GB的黑色馬自達，開車來到稱不上荒郊野外但是明顯已經離開市區的小鎮，剛才查到的租車行就坐落其中……與其說是租車行，看起來更像無人問津的二手車行。

「RAV4……我們這裡沒有RAV4。」店員是位年約四十的白人男性。

「但是我們剛才預約的是RAV4。」

「目前只有那兩臺車。」店員伸手指向落地窗外，用「官網預約只是僅供參考」的口氣說。

落地窗外停著兩臺車，一臺是DODGE的皮卡，另一臺是CHEVROLET的

ＳＵＶ。前者是常被美國人開去大賣場採購的買菜車，只怕還沒到紐約就先解體；後者則是可以在殭屍片中橫衝直撞的大型ＳＵＶ，只怕還沒到紐約，我們兩位駕駛就會因為無法駕馭這臺車而先解體。

幾經思考之後，我們決定選擇 CHEVROLET 的ＳＵＶ，畢竟車子解體一點也不好笑，駕駛解體的話，還有另外一位。就結果來看這項選擇是正確的，這臺難以在臺灣見到的大車，給了我們幾個前所未有的駕駛體驗：轉彎困難、需要提前採剎車，最可怕的是，一天要加兩次油。

接著我們與暫時無法加入行程的ＧＢ道別，開著 CHEVROLET 離開芝加哥。按照計畫四天之內必須到達華盛頓，因此整趟旅程幾乎都消耗在高速公路上。

畢竟是成年後初到美國，剛開始的見聞對我們來說都很新鮮，不至於感到無聊：

我們驚歎於安娜堡某間飯店的牛排套餐只要臺幣四百元，而且口味不輸臺灣三千元以上等級的牛排；我們在高速公路加油站買了熱狗與可樂，坐在窗邊看著重機騎士們出現又離去，覺得自己彷彿身在公路電影中。

路途中偶爾離開高速公路，也會有一些驚喜。譬如從底特律前往匹茲堡途中，開車的我突然間意識到窗外不再只是一成不變的高速公路，而是一座清幽的小鎮，清幽到如果得知居民已生活在此一百多年與世隔絕，教堂中仍會固定舉行違法儀式，我也不會感到意外。

小鎮坐落在湖邊，地上還有些許的積雪。

「快看窗外，現在很美。」我一邊開車一邊搖醒副駕駛座的阿傑說。

「嗚……喔……」阿傑睡眼惺忪地看了一下窗外，接著倒頭繼續睡。

後來我相當後悔當時沒有停車，至少拍個照也好。不過當時的我們滿腦子只擔心來不來得及趕路到下一間旅館。

接下來，我要談一下這趟旅程的大型意外，第一件大型意外。

離開芝加哥的第三天，我們參訪了匹茲堡的安迪沃荷美術館，接著坐在星巴克討論午餐要吃什麼。

「附近有沒有亞洲菜？」這幾天已經受夠美國食物的阿傑說。

我拿出手機搜尋，查到附近有間壽司店。於是我們離開星巴克來到壽司店門口，風格就是那種美國會出現的亞洲餐廳裝潢：稱不上有裝潢，不過只要加上一些亞洲意象（譬如漢字、壽司……）就讓人覺得亞洲味十足。

「要進去嗎？」

「好幾天沒吃米了，吃吃看吧。」

部分讀者讀到這裡可能已經開始在心中吶喊：「你們認真？匹茲堡耶？你們敢在不靠海的賓州吃壽司？」沒錯，如果我可以跟當時的我溝通，我也會這樣跟他說：「繼續吃漢堡或熱狗吧，那絕對是最好的選擇。」

走進不算寬敞的店裡，第一輪我們決定先打安全牌，點了一份加州卷，上頭灑滿了顏色鮮豔的醬料。我小心翼翼地將一塊加州卷放進嘴裡……嗯，不能說是美味，不過足以一解我們的米飯渴。

回想起來如果我們就此打住，後面的意外就不會發生，然而人總是會得寸進尺。

「有點想吃生魚片，要點一份一起分嗎？」阿傑說。

「好啊。」我說。

我們點了自以為不可能出意外的鮪魚生魚片（重新提醒，賓州不靠海，而且匹茲堡位在賓州距離海最遠的位置），不久之後我們拿到一盤生魚片……生魚片？

乍看之下生魚片沒錯，雖然刀工如預期沒有高級壽司店般細緻，至少是可以用「CP值」來說服自己的厚度。然而顏色，與其說是鮪魚，我覺得更像某種熱帶水果。

點了不吃畢竟失禮，而且人在異國，禮貌相當重要，我們可不想背負外國觀光客都很沒水準的臭名。我拿起筷子，準備夾下去的那一瞬間，看見了生魚片上似乎有不知名的黑點，這些黑點至今仍深植我的腦中，只差沒有每晚夢見自己被這些黑點給追著跑。

放進嘴裡咀嚼，我無法說服自己正在吃生魚片，不過也不到難以下嚥。我們離開壽司店，以為自己取得了完全的勝利，美國的壽司也沒有多恐怖嘛，我心想。

「我肚子有點痛，需要去廁所。」約莫五分鐘之後，阿傑這麼說。

對於這句話我有點意外，接著才想起剛剛做了什麼好事。我們緊急走進停車場旁邊的大超市，試圖從安德列亞・格爾斯基（Andreas Gursky）知名作品「99 Cent」般的貨架中找到廁所，卻徒勞無功。

「不然我先開車，我們趕快找一間加油站借廁所。」我說。

我們離開超市迷宮，快步走向停車場，熟練地發動那臺起初還不適應的 CHEVROLET，準備換檔踩下油門之前，我突然感覺到自己的腸胃出現了化學變化，一種絕望與自責油然而生，我覺得自己將永遠無法離開這座城市。

「我也開始肚子痛了，還是你開？」我說。

「我也很痛，快點開。」阿傑說。

跟時間奮戰的我們趕緊透過導航找到最近的加油站，幸好不用上高速公路，足以讓我們省掉許多時間。火速在停車場停好車之後，阿傑跳下車詢問加油站店員是否可以借廁所，我則獨自留在駕駛座上，徒留腸胃交戰。

每分每秒都是關鍵，大約三十秒過去，阿傑走出加油站的超商，看見他的臉色我就知道大事不妙。

「店員說廁所不外借。」原本僅存於腸胃的絕望襲滿我的全身，然而阿傑的下一句話重新帶來了希望。

「我看見對面有一間餐廳，可以去問問看。」

於是我鎖上車門，跟著阿傑走向加油站對面的餐廳。是那種在美國隨處可見，有著斗大招牌可能賣牛排或漢堡的Diner美式餐廳。我一邊前進一邊盤算等等詢問是否能借用廁所的時候要擺出什麼樣的表情，殊不知我們剛好碰上有一群客人正在等待入座，擋住了櫃檯與廁所間的視線，於是我們神不知鬼不覺地溜進廁所。

「真是太幸運了。」我隔著牆壁與阿傑說，他附和了一聲。

離開廁所的我們頓時感到一陣幸福，覺得能夠順利找到廁所簡直三生有幸。這種愉悅加上一點點的愧疚，讓我們決定在餐廳消費一杯飲料再走。我倆若無其事地走進座位區，向年約五十的店員（或老闆？）要了一份飲料菜單，上面寫著各種吸引人的啤酒與調酒名稱，可惜我們仍要開車，只能點兩杯冰紅茶。

坐在窗邊，望著晴朗的天空，陽光透過紅茶映照在深褐色的桌面，冰塊因為融解而發出清脆的聲響，這應該是這趟旅途為止最愜意的瞬間。原本的我對於急迫的路程以及接下來的詩播臺考察感到些許焦慮，如今卻都雲淡風輕，準備真正開始享受這趟旅程。

喝完紅茶的我們示意要結帳，想不到店員（或老闆）竟然說只是兩杯飲料，要免費招待我們。頓時我看見了人性的光輝，體認到剛才經歷的一切驚險都是為了帶領我們到這一刻，給予我們旅途上的溫暖。我與阿傑一邊笑談美國人的親切一邊走出餐廳，然後看見陌生的車輛停在我們的CHEVROLET後方。仔細一看，一名男子正在幫我們的輪胎裝上某種器具，而後面那臺車……

難道是傳說中的拖吊車？

奔跑向前，我們向男子表明是車子的主人（不過車子本人可能不這麼認為）。男子表示他接到通知有人停車後離開加油站超過十五分鐘，已經符合拖吊的規定。

儘管我們及時到場躲過罰單，由於拖吊人員已經出動，必須要收取出勤費，於是我們只好乖乖掏出美金，沒辦法，車輪已經被裝上固定器，況且我跟阿傑合力應該也打不過眼前這名魁梧的男子。

出勤費約兩百美金，相當於臺幣六千元。我們的心情從壽司的驚恐、紅茶的溫暖、到差點被拖吊的錯愕，這段三溫暖般的旅程簡直是物超所值。還沒開始考察詩擂臺，我就深深感受到一股戲劇般的舞臺體驗。

上車前我頓時想到，如果把這段經歷寫成詩，說不定可以在詩擂臺上得到不錯的分數。

Club 入口儘管寫著「Bowery Poetry」幾個字，卻聽不見絲毫應該出現於此的聲音，耳邊一片寂靜，僅有身後路人的腳步聲與遠處的車聲。

3-4 第二場考察
Bowery Poetry Club

考察完 Nuyorican Poets Cafe 兩天後，二〇二〇年二月二十三日，星期日，我來到一樣位於曼哈頓東村附近的 Bowery Poetry Club。

此處的創辦人是把詩擂臺從芝加哥帶進紐約的詩人鮑伯·霍爾曼。Bowery Poetry Club 讓我懷疑自己究竟有沒有找錯入口，按照 Nuyorican Poets Cafe 的記憶，詩朗讀擂臺開場前會用重低音喇叭大聲播放音樂，門口則會有幾個人在抽菸。如今我所看到的入口儘管寫著「Bowery Poetry」幾個字，卻聽不見絲毫應該出現於此的聲音，耳邊一片寂靜，僅有身後路人的腳步聲與遠處的車聲，門口也是一片空蕩。

該不會是活動延期了吧？我一邊這麼想一邊推開大門。

走過狹長昏暗的走廊進到場地，我終於知道氣氛為什麼會與兩天前大相逕庭——如果說 Nuyorican Poets Cafe 是會在月黑風高之際淋著雨匆匆闖進的酒吧，Bowery Poetry Club 就是會在週日傍晚緩緩散步進入的高檔餐廳。牆上裝飾著典雅的鏤花，天花板下是水晶吊燈，喇叭則播放著緩慢的音樂。

Nuyorican Poets Cafe 的觀眾大多打扮休閒或街頭，有些人站著有些人席地而坐，一邊觀賽一邊揮舞著手上的啤酒；Bowery Poetry Club 則不乏穿著深色禮服的聽眾，眾人圍坐在白色圓桌邊，啜飲桌上的葡萄酒。說實話此處讓我感到些許的不自在，我感覺自己像是闖進貴族聚會的老百姓，選了一個角落的位子坐下。

今晚舉辦的並非詩擂臺競賽，而是週日夜的 PoetNY Open Mic——任何人皆能自由上臺的詩朗讀。主持人一樣是非裔人士，只不過比起 Nuyorican Poets Cafe 主持人的幽默與口不擇言，此處的主持人顯得更拘謹與嚴肅（或說是高雅？但我不喜歡用這個詞，畢竟雅未必是高，尤其是詩擂臺的場合）。

觀眾類型不同，臺上詩人的組成也有所差異。相較於 Nuyorican Poets Cafe 皆為年輕的非裔詩人，Bowery Poetry Club 則是橫跨了各種族與年齡層：非裔、拉丁裔、白人，年過七十的老人與二十多歲的學生皆站上了舞臺。多元的族群自然也就會有多元的作品，除了與 Nuyorican Poets Cafe 相同的種族歧視控訴，Bowery Poetry Club 多了愛情、家庭、環保等主題，也有類似於美國自白詩（Confessional poetry）的自我剖析。

一位年輕女性朗讀者在臺上用詩抱怨完自己的父親之後，下一位較為年邁的朗讀者便上臺開始抱怨年輕人，完美顯現了這裡的多元性。

每人的時間限制與 Nuyorican Poets Cafe 同樣是三分鐘，由於沒有勝負之分，朗讀者大多使用冷靜緩慢的語速，且更加重視朗讀時的語調與節奏，肢體動作則沒有前兩天那場那般強烈。朗讀之餘也有人選擇唱出自己的作品，舞臺上的燈光會隨著詩人的表現方式而有所變化。

上半場結束之後，主持人邀請了一位非裔女性詩人上臺，是今晚的特別來賓，眾人給予她的朗讀相當大的掌聲，似乎是圈子內的名人，大概只有我不知道臺上是誰。我感覺到孤立，彷彿探照燈就打在我的頭上，卻依然沒有人回頭。

Bowery Poetry Club 正如其名，確實就是一個詩人俱樂部——現場的人大多認識彼此，整體的氣氛就如同一個大家庭。不同於Nuyorican Poets Cafe的激昂的情緒，我在這裡經歷的是一個舒服的夜晚，觀看途中甚至產生了「真希望我也屬於這裡」的心情。

不過我終究是個馬上要離開紐約的局外人。

不分族群與年齡，眾人來到這裡尋求發聲的機會，也許就如同其中一位詩人在臺上說的：

「這裡是全紐約最誠實的空間。」

紐約確實是個充滿活力與意外的城市，可以從中看見一切的可能性，也有無盡的絕望。

3-5 這正是我所期待的紐約

這篇我想談一點詩播臺之外的紐約見聞。大部分的內容是鮮少離開亞洲的鄉巴佬如我的初次見聞，對於熟悉美國的讀者來說可能有些枯燥。

也許是住慣了住商混合的臺北與東京，初到芝加哥的時候我無法相信自己身在美國的第三大城。走在芝加哥乾淨整齊的街道上讓我感覺到與其說是城市，不如說這裡是一個超巨大的購物中心——而事實上也是如此，畢竟僅有少之又少的人是真正居住於此。

然而當我驅車途經底特律、匹茲堡、華盛頓，最後跨過布魯克林大橋進到曼哈頓之後，終於真正體會到了城市的感覺，這個繁華又惡名昭彰的城市，這個骯髒又散發異臭（華爾街除外），卻又充滿活力的城市——這正是我所期待的紐約。

•

付完過橋費進到曼哈頓，阿傑就開始與當地的車輛進行按喇叭的戰爭。

「紐約人都怎麼開車的？」他說。

「又一臺車換車道不打燈！」

幾天後當我們見到多年沒見的朋友「臺中人」（國中時期因GB介紹而認識，當時因為家住臺中直接被我們這樣稱呼），正在紐約讀碩士的他告訴我們：「在紐約開車，車要比人兇。」接著就深深踩下油門，他的賓士（奔馳）於是往前奔馳。

我當然沒有忘記這趟旅程的重點是要考察詩朗讀擂臺，不過那都是晚上的事，擂臺上的詩人們在白天未必是詩人，可能是我身旁的白領藍領，也有可能是我們到時代廣場遇到的那位，一邊躺在地上抽大麻一邊對著我們傻笑的男子。

到了旅館，與GB以及另一位在紐約就讀MBA的朋友CHI會合之後，我們開始參訪那些說非去不可也未必，不去卻又可惜的景點、博物館或美術館。

接著又與已經在美國落地生根的另一位國中同學Jessica相約在所費不貲的牛排館，就是深處的包廂有黑手黨在談生意也不會讓人意外的那種。走進店裡，我的第一個念頭是如果發生槍戰我該躲在哪裡？我們的座位幾乎位在餐廳正中央，看起來不太妙。

這幾天我與阿傑學到相當重要的一課：「美國的一人份並非我們的一人份」。初到美國的頭幾天我們總是點兩份主餐，然後一邊皺眉一邊嘗試將超出能力的分量塞進自己的食道。直到抵達華盛頓之後，我與阿傑才終於舉手投降，

然而在紐約的牛排館，負責點菜的是Jessica，她忘記了眼前的幾位老同學平常吃的不是十盎司牛排或是巨無霸漢堡，而是小碗魯肉飯與小籠包。Jessica善盡地主之誼，點了座小山般的炭烤牛排，外加龍蝦。毫不意外地，我們無法解決全部的牛排，最後只好打包離開。離開這間昏暗又富麗堂皇的牛排館，我們正好撞見一位遊民，決定詢問他需不需要食物。

「裡面是什麼？」打扮位在潮流與破爛之間那條線的遊民說。

「牛排。」

「我不吃牛排。」他說。

除了遊民的數量，紐約還有許多瘋狂的數字：人流車流、華爾街證交所的交易量、觀光客、地鐵站……這些數字中，最瘋狂的就屬停車費。旅途中我們停過半小時要價十六美金的停車位，也是只能乖乖掏錢。

由於停車位實在是太過難找且昂貴，停滯紐約期間我們幾乎都把車停放在旅館的特約停車場（當然不會是免費，只是便宜一些），改用地鐵移動，這是我們研究出最省錢的方法。

離開紐約那天，我獨自到停車場取車，並拿出錢包準備支付五天合計的停車費總共一百八十美金，沒錯，相較於半小時十六美金，這已經是相當便宜的價格。

我拿出錢包，確認裡面有足夠的鈔票，心中開始淌血。停車場的大哥開始打起鍵盤查找我們的資料，我看見他一臉困惑。多次上下確認螢幕之後，他起身跟我說：

「查不到你們的車輛資料，可能是當時的同事忘記建檔。」

「那，該怎麼辦？」我開始擔心這會不會是什麼圈套？

「要不然你給我二十美金就好。」停車場的大哥說，接著伸手比出幫嘴巴拉上拉鍊的手勢。

我沒有馬上意會過來，想說這是不是某種美式幽默。我現在該笑嗎？還是該拔腿就跑？

「你給我二十美金就好，我們什麼都不要告訴其他人。」大哥無奈又說了一次，接著再拉上一次拉鍊，這次拉上的速度比較慢。

「喔，好，沒問題。」我說（不過我還是把這件事寫出來了，抱歉大哥，希望你有妥善使用那二十美金）。

二十美金，Nuyorican Poets Cafe 詩播臺的主持人曾說這個金額在紐約什麼事也做不了，想不到卻足夠讓我停車五天。

總之，紐約確實是個充滿活力與意外的城市，可以從中看見一切的可能性，當然也有無盡的絕望：尤其是當我們進到臺中人位在華爾街證交所附近的租屋處，得知此處每個月房租要價臺幣十五萬的時候。

這也難怪進入華爾街管制區時碰見的警衛，會用狐疑的眼神看著我們的 CHEVROLET。

「這座公寓的停車場中，最廉價的車是我這輛賓士。」臺中人說。

充滿活力，也充滿絕望。

Brooklyn Poetry Slam 的觀眾卻激昂到彷彿一場足球賽，眾人的掌聲響徹整個場地，回音久久不去。

3-6 第三場考察
Brooklyn Poetry Slam

二〇二〇年二月二十四號晚上，我獨自跛腳行走在布魯克林區，朝著當晚的詩擂臺場地前進。

那天下午我第一次進到亞馬遜的無人商店 Amazon Go，驚愕於不需要任何結帳動作就能將商品帶出，除了感歎科技之進步，購買與偷竊的界線也逐漸在我心中模糊。

我開始擔憂自己的道德感會不會因此……於是就在商店門口的階梯扭傷了腳。

幸好傷得不算嚴重，仍足以獨自步行。我以平時三分之一速度的緩慢步伐前進。街道上的行人不多，大多聚集在不遠處的麥當勞，遠處看上去竟有點像愛德華・霍普（Edward Hopper）畫中的餐館。冬夜的冷風吹拂，我繞過轉角從沒看過它打烊的熱狗店，好不容易抵達目的地：BRIC House。這裡是紐約布魯克林區藝文組織 BRIC 的展演場地，時常舉辦各種藝文展演，今晚舉辦的是大型詩擂臺競賽「Brooklyn Poetry Slam」。

BRIC House 內部如同會在美劇中看到的校舍，新蓋好的那種。為了看起來不太過顯眼，我忍痛以正常的速度來到櫃檯前，詢問詩擂臺的場地在何處，櫃檯人員指了指一旁的舞臺入口。周遭沒有太多人，當時的我擔心這場賽事會不會其實相當冷清，畢竟詩擂臺就是要在昏暗的酒吧中舉行，乾淨明亮的此處不太適合。

推開門之後，我才知道自己多慮了，雖然我早已得知賽事規模會遠遠超過先前拜訪的 Nuyorican Poets Cafe 以及 Bowery Poetry Club，卻沒有預料到觀眾竟然超過五百人。全數的觀眾早已坐定位，只有我一跛一跛地在觀眾席中來回行走，好不容易才找到空位，旁邊坐著髮型相當誇張的女子。

相較於前兩場賽事，這裡的光線明亮許多，巨大的投影幕上寫著斗大的「Brooklyn Poetry Slam」，眼前的場地讓我想起脫口秀舞臺。

主持人上臺後按照慣例先用一些開場白來炒熱氣氛，接著說明評分標準如下：選擇五位觀眾擔任評審，每位給予一到十的評分，加總其中的最高分與最低分作為最終分數。

也許因為是大型賽事，參賽者的打扮更為用心，性別界線也更模糊。賽事開始後，原本座位上竊竊私語的觀眾們開始歡聲雷動，雖然說兩天前遇到的觀眾也都相當熱情，Brooklyn Poetry Slam 的觀眾卻激昂到讓我覺得自己正在看一場足球賽，眾人的掌聲響徹整個場地，回音久久不去，我想這就是參賽者願意上臺的主要原因：一生中能有這麼多人同時聽自己發聲的機會確實不多。

預賽的作品與 Nuyorican Poets Cafe 一樣多以種族歧視為主題，選出三位晉級複賽後，活動暫時進入三十分鐘的中場 Open Mic。Open Mic 時段開始有白人參賽者上臺，不同於正式競賽，大多為沒有參賽經驗的素人，舞臺魅力自然也遜色一些，不過觀眾所給予的回應卻絲毫沒有減少。值得記錄的是，其中一位年邁詩人在朗讀時頻頻忘詞，觀眾反而起立鼓掌直到他將整首詩背誦完畢。

第二輪開始，規則改為臨時決定作品主題，參賽者必須朗讀即興創作的作品。即興創作的作品自然難以背誦，因此三位參賽者皆帶著手機上臺朗讀。淘汰掉其中一位之後，剩下兩位進入決賽。

也許因為是短時間內創作出來的作品，評審的標準寬鬆許多，導致決賽中的兩位參賽者得到同分，決議後兩人共同獲得優勝。這次的紐約詩擂臺考察，也隨著五百多人的掌聲畫下句點。

3-7 接著就是往西，然後……進法院？

前往美國之前，我被許多人告誡美國的超速法規相當嚴格，務必小心神出鬼沒的交通警察。我也想起十多年前曾聽過姨丈提起在美國被交通警察攔下的故事，其實精通英語的他靈機一動假裝不會英語，才僥倖逃過一劫。

於是初到美國的時候我與阿傑開車都相當小心，不僅油門踩得相當謹慎，也下載了至今仍沒搞清楚到底是否有用的測速警告APP。然而人總是會鬆懈，如同在匹茲堡的時候只是因為吃到幾貫壽司就得意忘形，關於超速這件事，後來也大意了。

離開紐約之後，除了到射擊館與賭場體驗一下在臺灣屬違法的行為之外，我們還特地預約了克里夫蘭附近好萊塢電影主角逃亡之際總是會下榻的那種廉價汽車旅館，櫃檯人員在按鈴許久後才出現，愛理不理的態度簡直跟電影中一模一樣。

我站在房門外看著大雪中暴露在外的單薄房門，想說：「今晚不出事才稀奇。」

不過當晚除了蓮蓬頭的水溫忽冷忽熱之外一切安全，甚至睡得比想像中還安穩。真正出事的，是隔天。

我們計畫在芝加哥愜意度過美國之行的最後幾日，離開克里夫蘭後開車直奔回到將近十天不見的伊利諾州。高速公路上我的油門越踩越深，幾乎要忘了那些曾經的告誡，甚至以為美國的交通警察只是都市傳說。我一邊轉動方向盤一邊與後座的GB聊天。

「喂喂！」此時阿傑突然大喊。

我以為是前方又有車輛切車道不打燈（這在美國，尤其是接近大城市的時候是稀鬆平常的事），確認兩側沒有車子之後，才看見隱藏在分隔島後方的警車。我趕緊踩下剎車，然而CHEVROLET的SUV重量讓我沒辦法及時減速，快速通過了警車前方。

我開始祈禱警察沒有看見，接著就從後照鏡看見警車緩緩跟上，然後，嗚笛用擴音器要求我們停車。該來的還是來了，我心想。

戴著牛仔帽的魁梧白人警察出現在車窗邊，示意我們給他證件。我只好將護照以及國際駕照給他，想不到警察發現我們不是美國人之後，皺了一下眉頭，然後回到警車上。

我們焦急地在車上等待，高速公路的車輛不斷從窗外經過。

過了一陣子，窗外出現另一名打扮完全不同的警察，體型與長相皆比剛才的警察和善許多，原來是該名警察沒辦法幫外國人開罰單，只好找來州警。

「你們什麼時候離開美國。」州警問我們。

「下禮拜一。」ＧＢ幫我們回答。

州警與一開始的警察討論了一陣子，接著走回窗邊。

「我們沒辦法當場幫你們開罰單，需要你們跟著警車到附近的法院。」他跟我們說。

法院？這幾天的行程有賭場、射擊場、巧克力工廠，原本以為已經足夠，殊不知還有法院這個壓軸戲碼。於是我重新「輕輕地」踩下油門，跟隨一開始的那輛警車下高速公路，來到一座小鎮。這座小鎮讓我想起上週離開芝加哥之後偶然路過的小鎮，清幽美麗，卻又可能隱藏著祕密。

為了向警察證明自己有在反省，跟車的過程中我行進得相當緩慢，甚至幾度跟丟，導致警車必須停在路口等我。「小子不要再演戲了，這樣罰單也不會比較便宜。」車裡的警察應該如此想著。

最後來到只有一層樓的小鎮法院，停車場的面積甚至比法院本身還寬廣。附近仍然有積雪，我們下車跟上警察進到法院。

眼前的景象與其說是法院更像小型博物館，玻璃櫃中放著關於小鎮歷史的各種文物，我們看得津津有味，完全忘了自己是以違法者的身分來到這裡。比我高上兩個頭的警察帶著我進到深處的房間，一名應該是公務員的大叔拿了幾分文件給我簽名。簽名的過程中警察開始跟ＧＢ聊天。

罰單的金額是三百美金，原本以為在紐約省下來的停車費如今都補了回來。

以為事情到此告一個段落，沒想到離開之前，ＧＢ跑去跟那位魁梧的警察說：

「駕駛可不可以跟你合照一張，當作警惕。」

此刻我第一次意會到什麼是面惡心善，警察爽朗笑了一下，接著我們就合照了一張。合照過程中他還刻意插腰擺出凶狠的表情，如今這張照片成為我在美國最珍貴的回憶（還真的很貴）。

與警察道別，我們走出這棟因為意外而意外來到的小鎮法院。看著法院外的雪地與接近傍晚的天空，我頓時感到一陣輕快，莫名地感到旅途中的缺憾被填滿了。

我深呼吸一口，然後回到駕駛座上。

▲村田活彥。
▼村田活彥提供的資料。

訪談B

專訪「POETRY SLAM JAPAN」創辦人村田活彥

這篇訪談的對象詩人村田活彥，被稱作日本詩朗讀擂臺界的「長老」。除了登上過世界各地的詩朗讀擂臺之外，最重要的是他在詩拳擊逐漸失去人氣後舉辦POETRY SLAM JAPAN，延續了詩擂臺在日本的壽命。二〇二〇年開始儘管POETRY SLAM JAPAN停辦，由KOTOBA Slam Japan接手，村田活彥依然以知識傳遞者的姿態活躍於朗讀界，舉辦講座或是在網路上分享各種關於詩朗讀擂臺的知識。

有趣的是早在知道「詩朗讀擂臺」這項競技之前，我就已經見過村田活彥本人。二〇一九年，剛搬到吉祥寺的我不想浪費在東京生活的每分每秒，因此相當積極於參加文學相關活動。當年五月我約了學校的韓國同學金姊以及正在明治大學攻讀博士的劉怡臻一起到吉祥寺的「百年」書店，參加詩人夏野雨的新書發表會。

書店就位在某條乾淨街道的二樓，不過這樣形容一點指標性也沒有，因為吉祥寺是個四處都很乾淨的所在。包含我在內有很多朋友初到吉祥寺的時候都會被這裡的乾淨給震懾，不只是路上乾淨，而是整體的視覺都很整潔。所有的店家都很有自覺自己身在吉祥寺，因此顏色跟格局都相當融入在地——當然日本有不少城鎮皆是如此，不過吉祥寺可說是其中翹楚。

這也導致吉祥寺吸引了不少書店或藝文相關的店家進駐，而我自己也因此被吸引過來。不過老實說住久了之後，對於這種乾淨逐漸有點厭倦，任何事情都在一個規矩之內的話，好像就少了點可能性，我開始懷念大阪難波的雜亂，那種亂中有序的活力。

時間回到發表會當天。我、金姊以及怡臻來到了二樓乾淨（毫不意外）的書店，聽詩人夏野雨談論新出版的詩集《凌晨的狙擊手》（明け方の狙撃手）。結束前夏野雨讀了一首詩，不過並非我們今天談論的詩朗讀擂臺，而是臺灣也常見到的那種發表會中平穩的讀詩。

活動結束後現場的人有人離去，有人則留下聊天。當時日文還不算流利的我跟在金姊與怡臻後面，聽他們與現場來賓閒聊。其中一位戴著白色紳士帽，打扮頗具個人風格的男子遞了名片給每個人，上面寫著：「村田活彥」。當時的我完全想不到，兩年後會與眼前的男子再度見面。

二〇二一年六月，我寫信詢問村田活彥能否接受專訪，他也爽快地答應，我問他是否有偏好的場地，結果他選了樸素到不行的 Mister Donut。

起初我對這個選擇感到意外，覺得這間普通到不行的甜甜圈店怎麼想都與「詩朗讀擂臺長老」這個稱號搭不上線，後來想想 Mister Donut 這種充滿庶民感的地方確實也符合詩朗讀 Open Mic 的精神。

於是我在約定好的時間來到了 Mister Donut，透過落地窗看見一個戴著紳士帽的背影已經坐在店裡。不希望讓村田桑等太久的我趕緊進到店內拿起托盤，盤算著要吃些什麼。

此刻我的腦中浮現一個念頭：「等等，我怎麼確定那道背影就是村田桑？會不會只是另一位打扮相似的男子？如果那位男子不是村田，等不及就事先點了甜甜圈與飲料的我豈不是有些失禮？」

於是我放下托盤，決定到座位區一探究竟。想不到我才回頭，就看見另一頂紳士帽走進店裡，這位就真的是村田桑了，想不到這間店同時聚集了兩位喜歡戴紳士帽的男子，我慶幸自己沒有直接端著甜甜圈走到陌生男子前方坐下。

點好餐坐下之後，我向村田桑說了兩年前見過面的事，不過他當然沒什麼印象，畢竟當時我還只是個不諳日文只會站在一旁傻笑的小毛頭。

咬了一口甜甜圈，喝了幾口咖啡之後，訪談開始。

我：首先想先請村田先生談談自己是怎麼踏入詩朗讀擂臺這個領域，並在後來成為POETRY SLAM JAPAN 的主辦人。

村田：我二十多年前就很熱衷於詩朗讀，不過一開始對詩擂臺的涉獵不多。後來慢慢接觸到這個以朗讀為主角的競賽，結果就不知不覺成了主辦人。我也不敢說自己對詩擂臺有多資深，只能用自己的經驗來回答今天的訪談。

先從我如何接觸詩朗讀。一九九八年，很久以前對吧？我偶然在東京參加了一場 Open Mic 的活動，在那裡我發覺了朗讀的樂趣。就我所知九〇年代的美國詩朗讀非常活躍，當時也有一部與之相關的電影《SLAM》上映。

（此時村田桑從背包中拿出好幾本看上去年代久遠的雜誌，以及一張詩朗讀的CD）

這幾本是名叫《AMERICAN BOOK JAM》（アメリカンブック・ジャム）的日文雜誌，主要是介紹美國現代文學，我今天帶來的這幾本是與詩朗讀擂臺相關的專題。這本是紐約特輯，裡面有提及九〇年代詩朗讀擂臺以紐約為中心蓬勃發展。也大約是那個時候詩朗讀擂臺被傳到東京，剛才提到的《SLAM》也有在東京的電影院上映。

當時澀谷一間很大的夜店 HARLEM 舉辦了一場饒舌相關的活動，饒舌歌手索爾・威廉（SAUL WILLIAMS）還特地來訪日本，還記得我很緊急買票跑去看。

我：饒舌跟詩朗讀擂臺的關係相當緊密對吧？

村田：沒錯。詩朗讀擂臺最初傳進日本的時候強調是現代詩的活動，也有不少現代詩人參加，不過這個活動在紐約更接近一種流行文化。有位名叫KAORIN・TAUMI（カオリン・タウミ）的日本選手，曾經在紐約Nuyorican Poets Cafe的詩擂臺中獲得優勝，那時我甚至還沒開始從事詩朗讀。

KAORIN・TAUMI取得優勝之後回到日本，受日本知名DJ，Robert Harris（ロバート・ハリス）之邀成為電臺節目Poetry Cafe的固定來賓，在日本形成了一股詩朗讀擂臺的旋風。當時我參加的第一場詩朗讀Open Mic就是由KAORIN・TAUMI所主持的，場地是位在南青山的一間Live House，那就是我踏入這個領域的開端。

我：那時候主要都是參與詩朗讀 Open Mic 的活動嗎？

村田：是的，當時我幾乎都是參與詩朗讀 Open Mic。進入二〇〇〇年之後日本詩朗讀擂臺持續活躍，我也跟朋友三度到富士搖滾音樂祭（フジロックフェスティバル）演出，二〇〇〇年跟二〇〇一年也都參與了上野水上音樂堂的戶外詩朗讀 Open Mic 祭典 UENO POETORICAN JAM（ウエノ・ポエトリカン・ジャム）。

直到二〇〇三年，我才第一次登上詩擂臺的舞臺，那場活動名叫 SHINJUKU SPOKEN WORDS SLAM（シンジュク・スポークン・ワーズ・スラム）。主辦人之一是與我長期合作的作詞人 SAITOUINKOU（さいとういんこ），現在主要在幫兒童音樂作詞，至今我們仍會定期一起舉辦寫詩的工作坊。

SPOKEN WORDS SLAM 的舞臺上有詩人、饒舌歌手，也有平時可能沒在創作的素人參加。那應該是東京第一場以「Slam」為名的活動，我記得持續大約三年，之後日本有一陣子，應該是到二〇一〇年代初期都沒有以「Slam」為名的公開活動。

二〇一四年我辭掉原本的工作，嘗試專心從事詩朗讀的活動，為此我跑到巴黎三個月學習法語，剛才給你的ＣＤ就是那一陣子的錄音。當時我偶然參與了位在巴黎的詩擂臺世界盃「Grand Poetry Slam」。

我：當年的世界盃是在什麼樣的場地舉行？

村田：當時是在巴黎二十二區的一個大型舞臺，可以容納約兩百名觀眾。活動的氛圍有點像「UENO POETORICAN JAM」。那附近住著不少亞裔人士與移民，也有很多藝術家。整個詩相關的活動長達一週，有工作坊等等各種活動，也有法國自己的詩擂臺，而最後的高潮當然就是世界盃詩擂臺。詩人三角 MIZU 紀（三角みづ紀）當時剛好也在巴黎，我們就一起到現場。

我：你們有上臺讀詩嗎？是用法語還日語？

村田：有，用的是日語讀詩。去法國前我就知道當地十分盛行詩朗讀擂臺，因此想說一定要累積各種經驗，參加了各種活動，上臺當然也包含在計畫之內。回到世界盃的話題，當天有來自南美、非洲、歐洲，大約二十四個國家的代表選手。

我：有日本選手嗎？

村田：沒有，沒有任何亞洲國家。

所有的選手都是用自己的母語朗讀，搭配現場顯示的英語、法語以及原文字幕。我的英語不算好，法語也才剛開始學，加上朗讀的語速都很快，導致幾乎所有的朗讀都聽不懂，不過當天還是相當有趣。

必須說表演性果然相當重要，我還記得當天有位瑞典詩人上臺，內容我當然聽不懂，不過聽著聽著竟然發現自己在流淚，連我自己都感到驚訝，我想那就是超越語言所傳達出來的東西。那一週我每天都去參加活動，認識了來自世界各地的冠軍。由於現場幾乎沒有亞洲面孔，多數的人也都對我感到好奇。

最後一天有場與吉他搭配讀詩的活動，原本並非參賽者的我就這樣受邀上臺讀了詩。雖然我早就在從事詩朗讀擂臺，不過這種活動聚集了來自世界各地的人，用彼此不懂的語言互相交流，是我事前完全無法想像的，現在回想起來依然十分有趣且衝擊。

之後我去拜訪活動的主辦人，向他表達我的震驚與感想。接著我問他如果日本也想派人參加的話該怎麼做，主辦人就跟我說：「唯一的方法是等你回國後舉辦詩擂臺的日本大會，選出一位日本代表，這樣才有參加世界盃的資格。」

當時我就想，原來如此，這件事只能靠我自己。三個月後我回到日本，向許多人提出想要舉辦詩擂臺的日本大會，隔年也就是二〇一五年就促成了「POETRY SLAM JAPAN」的誕生。

我：在主辦 POETRY SLAM JAPAN 之前，您是否有舉辦過任何詩朗讀擂臺相關的活動，小型的也算。

村田：小型活動的話，舉辦過個人或是與朋友一起的詩朗讀演出，不過都不算什麼需要特別計畫的活動。另外我也有到SAITOUINKOU主辦的活動幫忙過幾次。後來會成為大型活動的主辦人真的只能說是偶然，有種我不做的話還有誰會來做的感覺。

擔任主辦人果然相當有趣，可以認識各種有趣的人。二〇一四年到二〇一五年間還在籌備活動的時候，我到日本各地參訪詩朗讀Open Mic活動，有大阪、福岡、名古屋、長野、福井、最遠到宮崎。

籌備的時候我也有想過這活動可以給國內帶來什麼樣的貢獻，第一個我想就是可以藉由詩朗讀擂臺來聯繫日本與海外，過往的日本雖然也有詩擂臺活動，與海外聯繫的這還是第一次。第二則是可以將日本各地有在從事朗讀的人聚集起來，這兩件事我認為是這項活動最重要的地方。以上就是我成為POETRY SLAM JAPAN主辦人的經過。

我：下一題本來想問村田老師談談自己至今仍熱衷於詩朗讀擂臺領域的理由，不過目前我想已經知道答案了。

村田：哈哈。

我：接下來我想問的是，村田老師認為詩朗讀擂臺中被朗讀的作品，與一般在書籍上讀到的詩有什麼不同。

村田：對我來說確實有些許的不同。因為大多的時間我都是主辦人，可能很難用詩擂臺參賽者的心情來回答這題。不過我想以朗讀，或說以表演為前提寫出的作品，與打算透過活字印刷出來的作品果然還是有些許不同。前者可能更接近音樂的樂譜，或是舞臺劇的劇本，在沒有被表演出來之前，不能算是個完成品。當然這只是從我的角度來看，也有不少人是朗讀原本透過紙本發表的作品，對於他們來說也許兩者沒有太大的差異。

我：村田老師踏入詩朗讀擂臺的領域之前，是否有在寫詩？

村田：有。學生時代的我曾經是樂團主唱，出社會之後沒有時間繼續玩團，於是就把興趣改成寫詩。不過那可能更接近歌詞，而且也只是寫在筆記本上，主要只是為了自我滿足。

我：果然還是想上臺唱歌對吧？

村田：沒錯。前面雖然說是玩團，身為主唱的我其實不會任何樂器，要是身邊沒有人會樂器，我也無法獨自演出。如果我也會彈吉他或是鋼琴的話可能還有機會，可惜我只會寫詞，因此一直找不到表現的機會。

一九九八年的某天，初次參加 Open Mic 的我，那場並非詩專屬的 Open Mic，問了主辦人我能否上臺讀詩，對方說ＯＫ，當時我想說：原來這樣的表現方式也可以啊。

這對我來說無疑是個大發現，原來就算沒有樂器，只要單純瀟灑地讀詩也能夠上臺演出。於是我就這樣栽進了詩朗讀 Open Mic。

我：那天的場地是咖啡店還是Live House？目前還在嗎？

村田：是南青山的一間Live House，現在已經不在了。我會知道那場活動其實是因為在另一間Live House拿到活動傳單，上面寫的某月某日有場Open Mic的活動，上面特別強調任何形式的演出都可以，要唱歌、演戲或是搞笑都可以。會看到那張傳單真的是偶然，到法國參與世界盃也是偶然，一切都是由偶然堆砌而成的。

當天我拿著那張傳單回到獨自居住的房間，假日的夜晚我總是獨自在那裡度過。我看著傳單上的「南青山」三個字，想說搭車的話應該三十分鐘，不，十五分鐘以內就能抵達。日期是什麼時候？就是今晚。幾點開始？晚上八點，而現在是晚上七點半，現在出發剛好！

於是我就拿出沒有給其他人看過的筆記本，寫在上面的詩當然也都沒有發表過。我就這樣出門攔了一臺計程車到現場，說起來我這個人總是因為偶然而付諸些什麼行動。回想起來還是會覺得自己十分幸運。

我：下一題我想問的是，村田老師認為 POETRY SLAM JAPAN 與一九九七年由楠 KATSUNORI 創立的詩拳擊有什麼不同？

村田：首先最重要的是 POETRY SLAM JAPAN 是以選出日本代表選手到法國參加世界盃為前提的國內大會。細部的規則也有不同，譬如詩拳擊會邀請名人裁判來擔任裁判，POETRY SLAM JAPAN 則是從觀眾中選出。

此外詩拳擊一定是採淘汰制的一對一比賽，比賽中也會模仿拳擊分成不同角落；POETRY SLAM JAPAN 畢竟是希望能與海外連結，因此遵照著法國世界盃，或說是美國的規則：比賽時間三分鐘，且未必是一對一對決，有時候是從多數參賽者中選出一位晉級，晉級之後也會有不同規則。

POETRY SLAM JAPAN 後來也變化出各種規則，特別是二〇一九年，也就是最後一屆大會，當時有許多不同類型的地方大會，規則就是由各大會的主辦人自行決定。

我：那麼根據村田老師的觀察，日本與海外的競賽有什麼樣的不同？譬如參賽者的組成或是觀眾的反應等等……

村田：日本觀眾給予的反應果然沒有海外那麼強烈，我想這是文化或國民性的不同。海外如果是較為激烈的演出方式，觀眾都會給予非常盛大的反應，這點在日本比較少見。這幾年從 POETRY SLAM JAPAN 到現在正在舉行的 KOTOBA Slam Japan 已經可以說是相當盛大，不過在觀眾的反應上果然還是海外比較熱情。海外就算是靜態的朗讀，觀眾也會忍不住想要給予反響，那種時候拍手可能會破壞氣氛，因此不少人選擇以彈指的方式來代替。

海外的比賽其實也有不少異同。我曾到柏林看過一場詩擂臺，那裡也是每週，喔不對，幾乎是每天都會舉行，有時候參賽者可能只有十人，一樣會選出冠軍，觀眾也多達一兩百人。比較特別的是，柏林的詩擂臺有點接近脫口秀，因此觀眾常常發出笑聲。另外他們大多沒有時間限制，不少人一上臺就是七到八分鐘，這點也跟美國或法國相當不同。我想每個國家的詩擂臺都有因為自身文化而誕生出不同樣貌，對於這點我感到相當有趣。

我：二〇一九年的POETRY SLAM JAPAN中有一場舉辦在錢湯的地方大會，您也有擔任那場大會的主持人，可以請村田老師談一談當天的狀況嗎？

村田：那個場地其實不是我選的。當年因為已經確定是最後一屆，因此安排了各種大會，有Caspos線上大會、大阪、福岡、前橋、名古屋大會，再來就是錢湯大會。當時真的就是完全交由主辦人自行決定，雖然是由我發起的活動，不過最後一屆我希望由大家一起來收尾。第一屆只有東京一個場地，參賽者也只有三十七人，規模可以說是相當小。從二〇一六年的第二屆有東京、大阪、名古屋三個會場，才開始真正能稱為「大會」，之後大會的數量逐年增加。

二〇一九年我就跟每位主辦人說希望能嘗試各種方式，表現出不同大會的特色，埼玉大會的主辦人就提議說想在錢湯舉辦詩擂臺。當天的另外一位主持人是ikoma，他是位相當有趣的男子，你聽過他嗎？

我：有的。我聽過他主持的 MIDNIGHT POETS，也有到現場聽過他主持的「胎動二〇二〇」。

村田：他最近在主持澀谷的電臺節目，說起來電臺是個相當好的推廣管道，可以傳遞給許多原本對詩朗讀擂臺沒興趣的人。剛才也有提到詩朗讀擂臺能夠普及，廣播電臺功不可沒。

回到錢湯的話題。當時 ikoma 覺得能在錢湯舉辦非常好玩，因此非常積極擬定了當天的進行方式。我們請錢湯老闆拆掉隔開男女湯的牆板，擺上椅子後成為當天的場地。另外宣告比賽開始的時候並非敲鐘，而是敲響撈水用的風呂桶，黃色塑膠的那種。

總之當天都是交給 ikoma 統籌，我只是在一旁幫忙。比賽開始前他還特地先去泡了一次錢湯，以剛泡完澡的狀態來迎接每位參賽者到場。

我：今天真的聽了很多精采的故事。

村田：一九九〇年代詩朗讀擂臺在日本剛起步，東京舉辦 Open Mic 的場所只有三個左右。到了應該是一九九九年左右，電視臺開始對這項活動感到興趣，也有新聞報導，詩拳擊也有登上電視，當時相當受到矚目。

不過這真的有起有落，也有段時間大家都對詩朗讀擂臺不聞不問，這幾年感覺有重新被注意到。

還有件趣事，二〇一五年 POETRY SLAM JAPAN 第一次大會決定優勝者的前夕，美國大使，同時也是美國前總統甘迺迪的女兒卡洛琳・甘迺迪（Caroline Kennedy）突然聯絡我們，說對我們的活動相當感興趣，當時我非常驚訝，想說對方怎麼會知道我們的活動。

後來才知道詩拳擊協會過去常協助日本、美國與韓國學生間的交流，在日本大使館舉辦詩擂臺競賽。卡洛琳・甘迺迪因此對這類活動感興趣，就我所知在她來日本之前就有編輯過童詩選集，也有在兒童教育相關的ＮＰＯ法人工作。來到日本之後，就有與詩拳擊的主辦人楠 KATSUNORI合作。

不過卡洛琳・甘迺迪與詩拳擊協會合作的活動是以學生為對象，因此並非所有人都能夠上臺，她就問我要不要以觀眾的身分來看一下。因此我就去了六本木 Hills 的 Youtube 辦公室，日本是早上八點，美國則是晚上八點，兩邊透過直播互相讀詩。

當時我深刻地感受到詩朗讀是如何深入美國文化，想說日本如果有一天也能像這樣不知道該有多好。希望大家除了在紙上寫詩之外，也能體會到朗讀的樂趣，或是能夠喜歡上詩擂臺這般的競技。為此我現在會舉辦工作坊，就我所知海外有不少詩人會深入學校或是社區教民眾寫詩，或是藉由詩來貢獻社會。今天的我除了詩朗讀擂臺之外，也正在試著朝這方面努力。

抱歉今天講了這麼長。

我：不會不會。

村田：你是為什麼對詩朗讀擂臺開始感到興趣？

我：其實我是偶然得知自己的指導教授島田雅彥曾經是詩拳擊的優勝者之後，才開始深入研究這項競技，在這之前我完全不知道什麼是詩拳擊，什麼又是詩擂臺。

村田：臺灣完全沒有類似詩拳擊或是詩擂臺之類的活動嗎？

我：幾乎沒有，所以我很想主辦一場試試。

村田：那單純的詩朗讀 Open Mic 也沒有嗎？

我：朗讀大多是新書發表會那種遵照文本的朗讀。

村田：我一直都對其他語言的詩很感興趣，改天我們也許可以透過線上辦一場東京與臺北的詩朗讀。詩在臺灣很受歡迎嗎？

我：最近 Instagram 的普及有帶起一點寫詩的熱潮，不過許多作品為了符合版面大多輕薄短小，加上不少臺灣年輕人寫詩的時候其實不會考慮朗讀出來的狀態，因此硬要去朗讀反而會有種違和感。

我之所以會想介紹詩朗讀擂臺到臺灣，其中一個原因就是希望寫作者能重視詩的聲響。

村田：是啊，以前的詩都是透過朗讀發表的，那段歷史我覺得相當有趣。那饒舌的話在臺灣的人氣如何？

我：饒舌算是滿有人氣的，不過臺灣饒舌歌詞的主題大多與生活相關，政治批判性並沒有像美國那麼強烈，有點類似日本詩朗讀擂臺之於美國的狀態。

村田：美國最大的問題果然還是種族衝突，詩朗讀擂臺的作品大多也都跟這個相關。另外根據我聽過的詩朗讀世界盃，英國選手反而喜歡讀一些幽默諷刺的內容；巴西也相當盛行詩朗讀擂臺，主題與美國一樣大多與社會問題有關。

不過我的觀察僅限最後晉級到世界盃的選手，當地的狀況可能又會不同。

突然好想去臺灣啊。大學的時候我曾經因為看了《牯嶺街少年殺人事件》之後跑去臺北，結果發現牯嶺街只是個普通的住宅區。

我：我家剛好就在那附近。

村田：現在三木悠莉與喬登．史密斯主辦的 KOTOBA Slam Japan 除了一樣會派選手到巴黎參加世界盃，也著手跟更多國家合作。巴黎世界盃畢竟是由法國的NPO主辦，雖然聚集了各國的選手，觀眾幾乎都還是法國人，活動主體仍然是法國。因此希望明年開始能有一個更加國際化的舞臺，在世界各地舉辦國際賽事，可以的話希望到時候臺灣也能加入，屆時希望你能助我一臂之力。

我：沒問題，期待那天的到來。

ROUND 4

言葉的對決

——日本詩朗讀擂臺紀實

窗外的燈光逐漸熄滅，只剩下晴空塔仍然亮著燈。我獨自坐在旅館的書桌前，逐漸體會到過去的人們深夜聽電臺的那種愉悅、安心，一種不屬於白天的祕密。

4-1 那些深夜的詩朗讀

中原中也朗讀會

這裡開始，本書將會從美國跳到日本。這個看似只是瞬間的轉變，中間其實有個如同划船渡過太平洋般巨大的鴻溝。

二〇二〇年三月我結束在美國的考察，直到十一月才開始在日本進行考察，中間的八個月為什麼停頓了呢？沒錯，就是 COVID-19 的疫情。二〇二〇年仍在日本就讀碩士班的我，原本計畫直接從紐約飛回東京，殊不知後來亞洲的疫情日趨嚴峻，只好先回臺灣觀察狀況。

後來不僅亞洲，世界都被捲入疫情無一倖免，我想起到訪紐約時曾進到一間大約百桌滿座的港式茶餐廳，美國的疫情，也許從那時候就開始了。

回到臺灣，日本方面毫不意外地宣布延後開學，開學後進行的也是線上視訊授課，於是我就在臺灣多待了半年，幾乎要放棄考察詩朗讀擂臺這件事，畢竟誰會願意冒著生命危險上臺讀詩？嗯，有些詩人說不定會。

半年後疫情終於趨緩，我也從網路上得知許多詩朗讀擂臺正在準備恢復舉辦，於是我上網訂了機票，繼續這段考察旅程。

當時很多人戲稱日本是佛系防疫，實際上確實如此。抵達日本後除了填寫一些資料以及口水採檢，沒有太過嚴格的措施。踏進預約好的防疫計程車前，我才發現旅客也能搭乘一般計程車，而且價格更為便宜。

此外民眾也沒有臺灣那般對疫情感到緊張。快要抵達旅館之際，防疫計程車駛過淺草站後方的居酒屋街。由於日本當時的疫情已趨緩許多，露天的居酒屋座位高朋滿座，成排的燈籠宛如在舉行祭典。

「你住這裡真不錯啊，晚上可以吃居酒屋。」司機跟我說。

「但是我要自主隔離，來這裡不太好吧？」我說。

接著車內沉默了約兩秒。

「喔喔，說得也是。」司機說。

於是我帶著車上的尷尬氣氛抵達防疫旅館，準備進行為期十六天的旅館生活。日本的防疫旅館大多實施不打掃但是每三天換一次房間的方式。我的第一間房間視野絕佳，窗外就能看見淺草寺與晴空塔，不曉得這是否是給新住戶的特別驚喜。

入住後先沖了個澡，接著叫外送點了一份牛舌便當，吃完之後草草睡去。第二天開始我決定不荒廢剩下的十五天，除了著手開始寫畢業論文，也嘗試尋找日本當前的詩朗讀播臺資訊。結果當天（十月二十二日）正好是日本詩人中原中也的祭日，晚上有一場線上的「中原中也朗讀會」在「TwitCasting」直播平臺舉辦，主持人是ikoma與平川綾真智兩位詩人。

晚上八點，我註冊好「TwitCasting」的帳號，ikoma的頻道裡已經有人正在讀詩。

當天的指定朗讀作品是〈汙濁的悲傷之中〉（汚れっちまった悲しみに）：

在汙濁的悲傷之中
今日也降下了小雪
在汙濁的悲傷之中
今日也吹著過強的風

——節錄自中原中也〈汙濁的悲傷之中〉，煮雪的人譯

只要願意在直播中朗讀這首詩，任何人都能申請上臺，包含主持人在內都不需要露臉，這點可說是相當日本。我一邊吃著外送便當（日本沒有臺灣那麼注重食物的熱度，因此外送便當常常是涼的，我恨不得此刻的旅館房間裡有一臺微波爐），一邊聽著來自日本各地的朗讀者以自己的方式詮釋〈汙濁的悲傷之中〉。主持人 ikoma 聽起來與所有的朗讀人都熟識，此外若是有朗讀人需要時間準備，ikoma 與平川綾真智兩

位主持人也能夠很自然地接話讓場面持續熱絡。

其中一位朗讀人花了約五分鐘讓中原中也附身到自己身上。

「稍等一下，我要進入中也模式。」他說。

「好的，要進入中也模式是嗎？」

於是這位朗讀人開始清喉嚨，試著唸了幾個句子。

「現在是中也模式了嗎？」

「是的，已經是中也模式了。」

讀到這裡，有人可能會想說這與這本書在談論的，表演性強烈的詩朗讀擂臺是否有關連？如果只是朗讀不帶其他，那不就像紀念作家的直播朗讀會嗎？

這裡就必須稍微提及日本的詩朗讀群體。起初我為了考察日本的詩朗讀擂臺，開始以「ポエトリースラム」（Poetry Slam）為關鍵字在推特上追蹤用戶，後來漸漸發現到這些固定會參加詩朗讀擂臺的朗讀者大多互相認識，這次的主持人ikoma也是其中的核心人物。這些人可能是詩人、劇團演員、主婦、普通上班族，唯一的共通點是他們都對詩朗讀擂臺感興趣，而今天這場中原中也朗讀會算是疫情期間的一種妥協，讓他們得以解一解無法上臺的鬱悶。

既然朗讀者大多熟悉舞臺，這場中原中也自然不會只是平靜地朗讀。活動中有不少人搭配吉他等樂器朗讀，有人直接唱歌，也有人邊讀邊哭。此外每位都可以在朗讀結束後宣傳自己的創作或是將舉辦什麼活動，這也許是他們會參與朗讀的誘因之一。

朗讀持續了五個多小時，兩位主持人的活力不減，彷彿活動才剛剛開始，我不禁懷疑他們是否是什麼高科技ＡＩ（直到一個月後我見到 ikoma 本人，終於破除了這個懷疑）。

現在的時間是深夜一點，窗外的燈光逐漸熄滅，只剩下晴空塔仍然亮著燈。我獨自坐在旅館的書桌前，將房間的燈光調至最小，逐漸體會到過去的人們深夜聽電臺的那種愉悅、安心，一種不屬於白天的祕密，今夜的任何體驗都將無比珍貴，因為會隨著白日的到來而灰飛煙滅。

窗外傳來聊天的聲響，原來是有酒後的上班族們正在步行前往隔壁的淺草寺，不曉得他們是要去求籤，還是要去抱怨自己枯燥的人生。

朗讀活動最後持續了七個小時，總共有五十六位朗讀者。現在時間是淩晨三點，直播臺中的觀眾當然少了很多，不過仍然有人在深夜一隅與我一同聽著。結束前兩位主持人提到後天還會有一場固定在週六舉行的「MIDNIGHT POETS」，一樣是自由參加的詩朗讀 Open Mic，活動將會從深夜一直持續到早上。

隔離期間的生活大致是：接近中午時分起床，打開外送平臺決定午餐要吃些什麼，一邊吃午餐一邊看電影或動畫，寫論文與看書，看著窗外熙來攘往離開或前往淺草寺的人們，打開外送平臺決定晚餐要吃什麼，一邊吃晚餐一邊看電影或動畫，寫論文與看書，看著窗外逐一熄燈的居酒屋，洗澡，寫論文與看書到深夜，就寢。

不同於許多人認為十四天足不出戶相當痛苦，我非常享受這段生活，二〇二一年為止經歷的四趟隔離生活都讓我感到難以忘懷。不過如此單調的行程總會有乏味的時候，因此偶爾我會在深夜點開 ikoma 的頻道，中原中也之後還聽了剛才提到的「MIDNIGHT POETS」，以及北原白秋、萩原朔太郎等人的朗讀會。而其他朗讀詩人也會在自己的頻道舉辦線上詩朗讀，我就坐在深夜的旅館房中，聽著這些彼此熟識卻又陌生的人們讀詩。

「未來的我應該會懷念這刻吧。」看著窗外的晴空塔，我心想。

而我確實十分懷念。

4-2 沒有相撲的兩國

胎動二〇二〇

日本的詩朗讀詩人們有個習慣，他們會在推特帳號的名稱後方宣傳接下來的活動。而當我認識到 ikoma 這位詩人（前一節提到的線上讀詩會主持人）之際，他的名稱後方寫著「十一／二十　胎動二〇二〇」。

短短幾個字當然讓我看得一頭霧水。於是我上網搜尋「胎動二〇二〇」，才知道

「胎動LABEL」是ikoma創立的品牌，主要推廣讀詩與饒舌。

「胎動LABEL可以跨越文類之壁，動搖眾人的心。」官網上是這麼寫的。

「胎動二〇二〇」是「胎動LABEL」舉辦於二〇二〇年的詩朗讀活動，場地選在江戶東京博物館的大舞臺。

江戶東京博物館位在東京的相撲聖地兩國，每到此地我會想起五年前的東京旅行，當時與高中同學一起下榻這附近的青年旅店。旅店鞋櫃的惡臭讓人難以忘懷，每天出門都會看見同一位背包客（我們後來稱他為地縛靈）躺在旅館交誼廳看著電視中的火影忍者，當時的我心想這位背包客到底是來東京做什麼的？

雖然說是相撲聖地，其實沒有太多相撲符號。在電車中也只有一兩度碰到相撲選手，路邊的嗆口火鍋店也大多是為了觀光客而開設。我們一邊吃著嗆口火鍋一邊看著舞臺上相撲打扮的工作人員賣力娛樂觀眾，這位不瘦但距離相撲尚有點距離的男子如果其實是失意的相撲選手，那著實是則悲傷的故事。

重返兩國的我並沒有碰到相撲選手（當時並非賽季），也沒有選擇嗆口火鍋當作午餐，而是走進臺灣也能看到的連鎖鐵板定食店。我一邊吃著鐵板上滋滋作響的牛肉，一邊研究「胎動二〇二〇」的詳細規章。

今天總共有五十一位朗讀人加上六位特別來賓上臺。司儀是上個月底與 ikoma 共同主持線上中原中也朗讀會的平川綾真智，以及被稱作「日本詩朗讀長老」的村田活彥（本書有收錄他的訪談）。

下午我走進江戶東京博物館，正值疫情，酒精消毒當然不會少，進到舞臺之前

相較於美國的朗讀者如政治演說一般使用強烈的肢體語言，日本的朗讀者則傾向把演出「劇場化」，在服裝上做了不少功課。

甚至還被要求戴口罩之餘還要戴上塑膠面罩，此外櫃檯也放著一個箱子讓參賽者可以自由捐獻補貼這些因為疫情而多出來的成本，畢竟這種時期能有現場活動已是難能可貴。

大舞臺的觀眾席約能容納四百人，卻因為疫情緣故只能採用梅花座，當天觀眾約兩百人上下。眾人戴著面罩與口罩安靜地坐在椅子上，等待活動開始。眼前的景象讓我想起九個月前的 Brooklyn Poetry Slam，不過這裡多了日本的寂靜與整齊，少了美國的激情與活力（當然，疫情多少也有影響）。

主持人 ikoma 出現後開始解說今日規則，大致上與美國無異，甚至連每人的限制時間也一樣是三分鐘。不過正如「胎動 LABEL」所強調的「跨越文類之壁」，今日的活動雖然名為詩朗讀，只要是文字相關的作品皆能上臺，其中一位朗讀人甚至一字不漏地在臺上讀出《JoJo 的奇妙冒險》漫畫某節的臺詞。

相較於美國的朗讀者如政治演說一般使用強烈的肢體語言，日本的朗讀者則傾向把演出「劇場化」，在服裝上做了不少功課。內容上也不同於美國以政治性強烈的詩為大宗，日本更多的是帶點幽默諷刺或自嘲的作品。政治性的內容只佔了少部分，一位名叫 Hill Upper 的朗讀人以「應該要停止歧視外國研修生」為主題寫了一首詩。亦有朗讀人在詩中提及自己會出現在這裡是為了交朋友，塑造了一種微小、邊緣人的微小政治性。

參賽者之外還有六名來賓，分別是：神門、狐火、GOMESS、清水宏、宮尾節子，最後兩位是詩人，前三位則是「饒舌詩人」。什麼是「饒舌詩人」？二〇〇八年開始，日本誕生了幾位從詩朗讀舞臺出道的饒舌演出者，演出風格與節奏很接近饒舌，歌詞卻不強調批判性，而是訴諸創作者的個人經驗，這點更接近當今的詩，因而被稱為「饒舌詩人」。

作為在日本考察的第一場現場活動，「胎動二〇二〇」並沒有讓我失望，朗讀者的表現形式比美國更為多元，也看見了素人們如何在臺上展示日本社會難以見到的一面。

不過也許因為是大型舞臺，或者疫情的關係，觀眾的反應沒有美國那般強烈，幾乎都以鼓掌代表支持。場地整潔乾淨，參賽者的激情皆保持在一定的秩序之內，所有的一切都非常日本，真要說的話，我還是比較喜愛獨守在防疫旅館中，聆聽著深夜詩朗讀的時刻。

少了激情的夜晚，我走出江戶東京博物館，在兩國站等待沒有誤點的電車。

4-3 潮流街區的詩人們

Poetry Reading Open Mic SPIRIT

日本詩朗讀的第一手資訊，我大多是透過推特來取得。當時打開推特搜尋「Poetry Reading」，將所有貌似會上臺讀詩的詩人都按下追蹤，其中一位是「Poetry Reading Open Mic SPIRIT」（ポエトリーリーディングオープンマイクSPIRIT）的主持人遠藤HITSUJI，後來他成為日本考察期間幫助我最多的詩人，本書有收錄他的專訪。

這場「Poetry Reading Open Mic SPIRIT」由第二代主持人遠藤HITSUJI與伊藤竣泰共同舉辦，場地固定是澀谷RUBY ROOM。第一場活動是二〇一四年，當時的主持人是詩人大島健夫與URAOCB，而今天二〇二〇年十二月七日的活動已經是第六十七場。

澀谷RUBY ROOM位於澀谷道玄坂的小巷中，那裡有間非常顯眼的臺灣料理「麗鄉」，麗鄉對面則是一間我很常光顧的迴轉壽司店，該間迴轉壽司店最奇妙的點在於：明明是迴轉壽司，顧客與店員卻幾乎都是外國人。

走上麗鄉旁邊的狹窄坡道，馬上能看見黑底粉字寫著「RUBY ROOM」的小招牌出現在深處建築物的二樓，外觀看來就是間小型酒吧或夜店，沒有熟人帶路的話完全不會想踏進去的那種。我拿出手機再三確認自己沒有找錯地方，確實是這裡，SHIBUYA RUBY ROOM。

我向站在門口的人（回想起來，應該是當時還未認識的遠藤桑）出示了日幣兩千元的門票，裡面正如我猜的一樣，是間可以包場的小型夜店／酒吧，要在裡面開趴做什麼都可以——健全的，或遊走在法律邊緣的——當然也可以舉辦詩朗讀擂臺。已經有不少觀眾入座在昏暗的空間中喝著酒或飲料，我盡可能地挑了能夠清楚看見舞臺，卻又不會太顯眼的座位，店裡的人看起來大多互相熟識，這點與美國的 Bowery Poetry Club 相當接近。

活動開始後，戴著報童帽的遠藤 HITSUJI 在掌聲中上臺，簡單說明一下今天 Open Mic 的規則，總之就是與我考察到的前面幾場差不多，比較特別的是今天每位可以朗讀三分鐘，而主持人也不會宣布開始與結束，而是通過控制燈光來報時：燈亮代表開始，燈暗代表時間到，一目瞭然。

首先上臺的是特別來賓詩人齊藤木馬，他的朗讀至今仍讓我印象深刻。他使用日

首先上臺的是來賓詩人齊藤木馬，使用日本傳統藝能「狂言」般的語調來讀詩。

本傳統藝能「狂言」般的語調來讀詩，並且手持拍子木（日本人會一邊敲打一邊喊「小心火燭」的木條），按照朗讀的節奏敲下。

這個手法也許不算太出人意表（隔年我有見識到更瘋狂的），不過齊藤木馬將其演示得恰到好處，讓人不禁覺得敲打拍子木是否是讀詩一直以來的傳統（當然不是）。

緊接著進入 Open Mic 時間，雖然名為 Open Mic，卻幾乎都是對朗讀頗有經驗的朗讀人。這些朗讀詩人大多取了難以記住的藝名，因此我在這本書很少提到參賽者的名稱，因為真的很難記。幸好Poetry Reading Open Mic SPIRIT會在官網上記錄每場活動的參賽者，今天的Vol. 67總共有十八位報名，分別是：

結城色、蜜月よるくま、どぶねずみ男、齊藤航希、死紺亭柳竹、渡辺八畳、坂本樹、おに熊、もるたパン、紫神月、URAOCB、ジュテーム北村、TASKE、佐藤yuupopic、猫道（猫道一家）、服部剛、三木悠莉、サンシ・モン

是不是真的很難記？裡面的三木悠莉也是今天日本全國性詩擂臺「KOTOBA Slam Japan」的主辦人之一。

在這些名字後方另外註明了「ご観覧4名」，也就是只有四位觀眾是純觀賞不上臺（沒錯，其中一位就是我）。這也難怪這群人彼此熟識，因為這裡演員即觀眾，畢

竟一直坐在椅子上難免會心癢，臺下坐久了終會成為臺上之人。

我看著朗讀人逐一上臺，燈亮，讀詩，燈暗，鼓掌，他們回到座位。一邊啜飲啤酒一邊看著他們喜悅的表情，不管是美國還是日本，詩朗讀擂臺都讓人感到一種歸屬感，對於今天的這些參賽者來說，身邊的其他朗讀人說不定比家人更親密。

畢竟都看過彼此上臺以毫無保留的方式讀詩了，還會有什麼更天大的祕密呢？

Poetry Reading Open Mic SPIRIT 結束之後，我這個終究要離開的客人走出 RUBY ROOM，進到我所熟悉的迴轉壽司店。

4-4 隱形的觀眾之海
KOTOBA Slam Japan

到這裡應該有讀者發現，目前提到的日本活動都是詩朗讀 Open Mic，而非有勝負之分的詩擂臺。是的，非常殘念，不同於詩朗讀 Open Mic 仍有零星活動，直到離開日本前，我都沒能等到詩擂臺的現場賽事復辦。

這也不難理解，比起詩擂臺，詩朗讀 Open Mic 的籌備更為簡單，因此有人願意冒著可能會被臨時取消的風險舉辦；若舉辦的是詩擂臺，萬一有參賽者為了獎金摩拳擦掌徹夜練習，卻因為疫情不得不取消，那會相當尷尬。

我始終抱持著也許日本的詩擂臺賽事會在疫情趨緩後出現，然而疫情不只沒有趨緩，甚至變本加厲。當然，比我更著急的，是那些已經許久沒上臺的詩人們。這群詩人在二〇二〇年底按捺不住，由三木悠莉與喬登・史密斯在十一月舉行了無觀眾的詩擂臺大會「KOTOBA Slam Japan」（以下簡稱ＫＳＪ），活動源於前一年停辦的POETRY SLAM JAPAN（以下簡稱ＰＳＪ），也找來了最後一屆ＰＳＪ優勝者川原寢太郎登臺。

二〇二〇年舉行了西東京大會、東東京大會、埼玉大會、群馬大會、名古屋大會、大阪大會、福岡大會、假想地方大會，參賽者前往無觀眾的地方場地上臺讀詩，假想地方大會則是線上舉行。

除了假想地方大會是在日本的平臺「TwitCasting」直播，其餘皆是透過Youtube直播，由線上觀看直播的觀眾擔任評審，在朗讀結束後立即給分。

我空出了大阪大會與埼玉大會的時段，打開一罐啤酒，坐在關燈的房間中——後來又覺得氣氛不太對，因而點亮了一盞小夜燈——看著詩人們逐一出現在鏡頭前。

讀詩結束後，右方聊天欄的觀眾們必須在限定時間內給分，並由主持人唱票。主辦單位也會快速製作出票數統計圖，讓途中加入的觀眾也能立即明瞭當下戰況。

大阪大會最後由北野勇作獲得優勝，埼玉大會則是石渡紀美，兩位將與其他大會的優勝者：内藤奈美、佐藤yuupopic、無味、晴居彗星、元親ミッド、木村沙彌香、林明乎、素潛り旬、そにっくなーす、iidabii、伊藤晉毅、本山まりの一同進入隔年的日本全國大會。

埼玉大會最終由石渡紀美勝出，將與其他大會的優勝者一同進入日本全國大會。

二〇二一年一月二十三日的全國大會，依然沒能等到疫情趨緩，維持線上舉行，由主辦人之一的三木悠莉與貓道一家共同主持。活動開始後，首先是參賽者抽籤登場順序，並由另一位主辦人喬登・史密斯將名字寫上後方白板。接著兩位主持人逐一進行開場朗讀，正式進入比賽。

有部分參賽者戴著口罩上臺，也有人因無法到場而選擇視訊參與。這些因為疫情而不得不做出的妥協，當然也多少影響到選手表現。

與詩朗讀 Open Mic 相同，日本的朗讀者並不會像美國那般使用誇張肢體動作，情緒也不會過度強烈，而是傾向確確實實地將字句傳進觀眾耳裡。

一回戰分為ＡＢＣＤ四個組，取每組的第一名進入決賽，分別是石渡紀美、內藤奈美、佐藤yuupopic、晴居彗星，四位參賽者皆有前往賽事會場，可見線上視訊參與多少減弱了朗讀的張力。

決賽中每位參賽者都必須朗讀兩首詩。於是在兩輪的朗讀與投票之後，今年的日本全國冠軍誕生了：是我早在埼玉大會裡見過的石渡紀美，此刻不免有了押對寶的感覺。

賽後舉行了簡易的頒獎儀式，儘管沒有現場活動般狂熱，頒獎人與優勝者依然流下淚來互相擁抱。缺少觀眾席的臨時場地，在這些參賽者眼前，卻是一片觀眾的海洋。

三個月後，石渡紀美將代表日本參加法國的世界盃，同來自全世界三十多個國家的選手爭奪冠軍。當然，這場世界盃後來也因為疫情而改為線上進行，我當然也沒能躬逢其盛。也許有朝一日。

這棟寫著「STAR LOUNGE」的紅色美式建築在澀谷可說是相當搶眼，倘若不看隔壁的日文招牌，可能會以為這裡是紐約街頭。

4-5 鳳梨汁！鳳梨汁！

poetRy Lounge

二〇二〇年十二月考察完 Poetry Reading Open Mic SPIRIT，日本再度被疫情給席捲，商家都只能營業到晚上八點，禁止提供酒類飲料，詩朗讀擂臺這種無疑是大型群聚現場的活動當然也無法舉辦。

直到二〇二一年五月，事情總算有了些轉機（與其說是轉機，可能更接近放棄或是不在乎，換個說法就是「與病毒共存」），我重新有了考察詩朗讀播臺的機會，這次的主辦人一樣是遠藤HITSUJI與伊藤竣泰，此外還加了一位DJ，K.T.R。

由於場地是位於澀谷的「R Lounge」，活動名稱取為「poetRy Lounge」，嗯，可以感受到日本微妙的幽默感。

起初我沒有細讀活動詳情，傳訊息給遠藤桑說自己會到場觀賽之後以為萬事OK。活動前幾天才在宣傳貼文中看見「朝」，也就是早上，當下還天真地以為這個朝字是否只是一種氣氛的塑造，譬如大家只能喝咖啡跟柳橙汁，現場提供鬆餅之類的。

然而實際上，就是在早上，早上十點。我無法相信自己的眼睛，在早上舉辦詩朗讀播臺就如同在夜晚跳健康操一般不合時宜。

對於已經被論文生活形塑成夜貓族的我來說，要在早上十點前起床簡直難如登天，更不用說目的地還是距離我家北千住一個小時車程的澀谷。幾經考量之後，我上網預約了前一天晚上位於澀谷的膠囊旅館。

活動前一天的五月十四日傍晚，我帶著一天份的行李來到澀谷。不同於住在吉祥寺的時候常來澀谷轉車，搬到北千住之後對這裡已逐漸陌生：深夜不歸之際看到有女子被牛郎抬到路邊醒酒、萬聖節與友人在十字路口的人群中分別被擠向MAGNET與一〇九百貨……這些曾在澀谷留下的記憶，恍若上一段人生。

在日本住過膠囊旅館的讀者應該都知道，雖然名為膠囊，大多早已不是既定印象中的小型棺材，而是各種設備一應俱全。我今日下榻的這間不僅可以電動調整床鋪成沙發模式，甚至可以將手機畫面投影至眼前的螢幕，只要有一瓶水，躺在這裡一整天也不是問題。

入住膠囊旅館還有另一個原因：狹小的空間讓我感到安心，這種安心並非肉體上的安全，而是心理上的一種解脫。躺在這塊不能發出太大聲響的狹小空間，除了睡覺與滑手機之外幾乎什麼事也做不了，反而讓人有一種可以放棄一切的舒適。

話雖如此，膠囊旅館的舒適度當然還是比不上一般旅館，加上擔心隔天睡過頭的焦慮，當晚刻意提前入睡的我輾轉難眠，甚至冒了不少汗，早上被震動式鬧鐘提醒該起床後，我根本不記得自己是否有順利入眠。

簡單吃過旅館的早餐，喝完咖啡，我就這樣拖著睡眠失敗的身軀行走在早上的澀谷街頭，仔細想想這是自己第一次見到中午以前的澀谷。

看著不同於以往的澀谷光景，來到了目的地。這棟寫著「STAR LOUNGE」而不是「R Lounge」的紅色美式建築在澀谷可說是相當搶眼，倘若不看隔壁寫著日文的招牌，可能會以為這裡是紐約街頭。

一樓是間賣沙威瑪的店舖，我確認過地址無誤之後，進到看來相當老舊的電梯。電梯裡貼滿了各種貼紙，並非寫著電話要你打過去的那種，而是某人刻意蒐集各種貼紙貼上來，展示給所有搭乘電梯的人看，一場繽紛的小型貼紙展覽。

R Lounge 是類似於「Poetry Reading Open Mic SPIRIT」的場地「RUBY ROOM」出租空間，晚上可能會成為夜店或酒吧。現場已經有人入座，不過人數明顯比 Poetry Reading Open Mic SPIRIT 少上許多，抗拒早晨的果然不只我一人。我跟遠藤 HITSUJI 打過招呼之後，選擇一張高腳椅坐下。

基本規則與去年的「Poetry Reading Open Mic SPIRIT」沒有太大差異，不過畢竟特地辦在早晨，當然要有點額外規則。

▲有人上臺直接先喊了五次「鳳梨汁」，也有人用音箱播放噪音與嘶吼聲，並且抱著音箱在觀眾席繞了好幾圈。

◀遠藤 HITSUJI 送了我一本他出版的小說，我就這麼莫名其妙地解鎖了「在早晨的澀谷酒吧收到一本小說」這項聽上去非常違和的成就。

這場詩朗讀 Open Mic 規定詩作必須與早晨相關。早晨的詩朗讀確實有種奇妙感，朗讀人彼此之間在昏暗的空間中喊著「早安」。我收回剛才的話，與其說是在夜晚跳健康操，更像是在深夜的酒吧中進行汽車駕照筆試。而主持人遠藤上臺後也馬上說了句：「以前只會在夜晚看到你們，早上這還是第一次。」

原先以為會願意在週日中午前出門的盡是一些正經之人，想不到並非如此：有朗讀者打扮成醫生，讀了一首與問診相關的詩；沒有早餐常出現的柳橙汁沒關係，有人上臺直接先喊了五次「鳳梨汁！」（パインアップルジュース）也有人在開始朗讀前用音箱播放噪音與嘶吼聲，並且抱著音箱在觀眾席繞了好幾圈，放完之後默默地退場，回到座位上變成路上隨處可見的日本年輕人——這些人瘋癲的程度讓我不禁懷疑他們是否是從昨夜醉到今朝。

這裡畢竟還是澀谷。

「早安。」朗讀者們繼續道早安。

中場休息的時候遠藤 HITSUJI 跑來找我聊天，並且送了我一本他出版的小說，我就這麼莫名其妙地解鎖了「在早晨的澀谷酒吧收到一本小說」這項聽上去非常違和的成就。

「早安。」「早安。」

「啊，真是個適合吃拉麵的日子。」當時的我心想。

4-6 音樂祭中的詩朗讀

ITOUSEIKOU is the poet

今天是二〇二一年六月二十日。拿出手機出示電子票券後，工作人員在我的手腕綁上螢光綠的手環，並交給我一把扇子及兩張飲料券。眼前的人大多身穿T-shirt，也有不少人將毛巾掛在脖子後方——讀到這裡，應該已經有不少讀者猜到我正在參加音樂祭。

手環上面以英文寫著「YATSUI FESTIVAL」，這是場由藝人YATSUIICHIROU

（やついいちろう）主辦的音樂祭，場地遍布澀谷 Rambling Street（ランブリングストリート）上的 Live House：LOFT9、club Asia、7th Floor、O-EAST、duo、HARLEM……等等，除了音樂演出之外也有劇團及搞笑藝人登臺。

而我今天來聽的，是名叫 ITOUSEIKOU is the poet（いとうせいこう is the poet）的讀詩團體，簡稱ＩＴＰ。

上次來到澀谷，是一個月前考察「poetRy Lounge」，也就是早晨的那場詩朗讀 Open Mic。走出澀谷車站，我來到了以前三不五時就會造訪的沾麵店，這間店不算美味，卻在我的回憶中佔據重要位置。站在食券機前，我開始天人交戰要吃限定口味還是經典口味……嗯，很久沒來訪了，還是回味一下經典款吧，畢竟現在的限定款看來不是很美味。我拿出錢包，把鈔票塞進食券機——等一下，回到上一動：我沒有拿出錢包，在包包裡東翻西找，沒有錢包。

二〇二一年的日本，電子支付已經相當稀鬆平常，連那種只有一位阿伯顧店的小雜貨店都能使用，電子支付 app 的功能也日趨五花八門，甚至可以拿回饋的點數來做小額投資。生活在東京，基本上只要帶手機就能出門（寫作本文的當下，臺北也幾乎已是這個狀態），偏偏眼前的這間拉麵店，僅能使用現金。

沒辦法，距離開演剩下不多的時間，我只好趕緊找了間連鎖牛丼店，百分之百能夠用電子支付的那種，點了最快也最普通的餐點。

離開牛丼店，我繼續沿著道玄坂來到Rambling Street的入口，「Rambling Street」並非這條路的別稱而是正式名稱，而日本還真有不少這種直接取名自英文的路名。此處是一條不算寬的坡道，我終於意會到人們在此 Rambling 並非基於愜意，而是上坡時沒辦法走太快。

由藝人 YATSUIICHIROU 主辦的音樂祭，場地遍布澀谷四處，除了音樂演出也有劇團及搞笑藝人登臺。

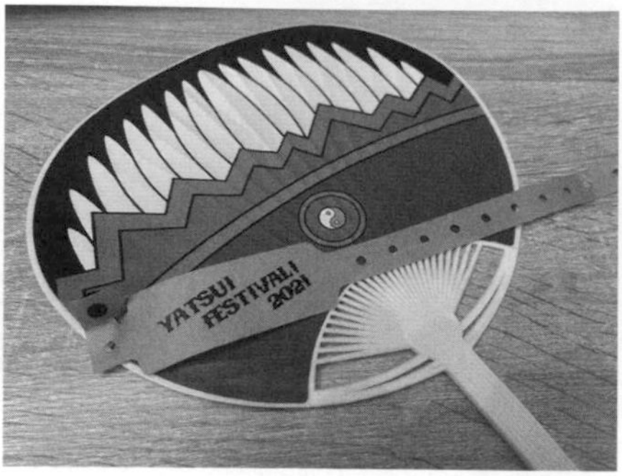

經過幾間旅館來到 Rambling Street 的中段，氣氛驟變，左右開始出現各式絢麗的 Live House 招牌，比我更早來到的眾多螢光綠手環在 Live House 陣之內穿梭。

於是回到本文的第一段，我領了手環與飲料券，接著立刻來到 ITOUSEIKOU is the poet 的演出場地：米色建築中有一道暗紅色塊，招牌以彎曲的字體寫著「club Asia」，logo 則是一隻龍。

出示手環進到 club Asia，規模約是一間中型的 Live House，場地大小大概介於臺北的 Legacy 與 The Wall 之間。

臺上的聽眾約莫三十人，也不錯啦，這個人數，在這個眾聲喧譁的音樂祭中，我心想。後來我才知道自己錯了，這場的聽眾數遠高乎我的預期，許多聽眾只是因為趕場而沒有準時抵達，他們也許會遲到，但絕不會缺席。

ITOUSEIKOU is the poet 顧名思義是以 ITOUSEIKOU 為中心的團體，而這個 ITOUSEIKOU 是誰？他的本名是伊藤正幸，出生於一九六一年，身分的話實在太多了：小說家、作詞家、藝人、嘻哈歌手、演員……，一九八八年以小說〈No Life King〉（ノーライフキング）入圍三島由紀夫賞與野間文藝新人賞，這部小說後來甚至被鼎鼎大名的導演市川準翻拍成同名電影。二〇一三年，ITOUSEIKOU 描寫東日本大震災的小說〈想像收音機〉（想像ラジオ）除了再度入圍三島由紀夫賞，也入圍了芥川賞並奪得野間文藝新人賞。

寫作之外 ITOUSEIKOU 也發行過多張饒舌專輯，第一張是一九八六年發行的《建設的》。二〇一八年他將詩朗讀與源自牙買加的電子音樂風格「迴響」（DUB）結合，組成了我眼前的迴響詩朗讀團體「ITOUSEIKOU is the poet」（いとうせいこう is the poet），團體的介紹這麼寫著：「搭配即興音樂朗讀ITOU的詩作或小說段落，透過迴響音樂的處理，造成語言與音樂的拮抗。通稱：ＩＴＰ。」

迴響的誕生據說與錄音帶大有淵源，三十歲以上的讀者應該都知道錄音帶分為Ａ面與Ｂ面，而一九七〇年代Ｂ面的樂曲常常是Ａ面曲的純音樂版本。DUB之父的牙買加音樂家King Tubby於是想到可以在Ｂ面曲中混入更多音效，讓它不只是Ａ面曲的附庸，迴響音樂於是誕生。

今天臺上的編制有：薩克斯風、小喇叭、電吉他、鼓、Keyboard。ITOUSEIKOU畢竟是有歌唱能力的，迴響音樂的背景下，比起「讀詩」，他更接近在「唱詩」，大概介於朗讀與饒舌之間的狀態。

臺下的觀眾當然不會像金屬樂團一般有群眾互相衝撞，不過我的目光所及大多投入，不少人跟著音樂的節拍搖擺，臺上無人歌唱，氛圍卻與其他音樂的 Live 演出無異。

ＩＴＰ至今仍活躍於音樂演出場合，二〇二一年底也與知名演員滿島光聯合演出。未來的某一天或許也能在臺灣看見他們的身影。

這場演出，與過往參加音樂祭的經驗沒有太大出入，差別在於臺上是在讀詩。觀眾，也沒有因為「詩人」這個詞彙就卻步。

以下節錄一段 ITOUSEIKOU is the poet 讀詩專輯《ITP 1》中的作品〈ITP〉：

Is the poet
Everybody is the poet

Everything is the poet
所有的人
The poet
所有的雨水流動
所有的發光體都是
The poet
所有的差異與同一性
所有的砂丘之下
所有關於煩惱的溫度
The poet

——節錄自 ITOUSEIKOU is the poet〈ITP〉，煮雪的人譯

4-7 日本與美國的朗讀技法

儘管系出同源，日本的詩朗讀擂臺與美國走上了不同的道路。文本之外，兩地的朗讀技法也有不小差異，這裡我打算針對這點來談談。

1 音樂

首先是在與音樂的現場結合上。前面有提及幾位將詩朗讀擂臺帶進日本的先驅，

這些受美國垮掉的一代影響而深愛爵士樂的詩人們不滿足於單純的讀詩，因此常會與爵士樂結合。一九六七年垮派詩人肯尼斯・雷克斯雷斯拜訪日本，與爵士鋼琴家山下洋輔合作了一場爵士樂的詩朗讀。之後詩人白石KAZUKO也連同小號演奏家沖至以及薩克斯風演奏家藤川義明組成「Now Music Ensemble」（ナウ・ミュージック・アンサンブル），結合詩朗讀與即興爵士演奏，並在一九七七年發行「爵士詩」（ジャズ・ポエトリー）專輯《Dedicated To The Late John Coltrane And Other Jazz Poems》。

這種表演形式當然並非全部人都能接受，白石KAZUKO在回憶錄《黑羊的物語》中寫道：「當時的人都認為詩朗讀應該是像ＮＨＫ電臺那樣，照著手稿讀詩，因此我們這種結合爵士樂的即興朗讀常被否定為『無謀』。」

不過如同前面提及的，這些人日後成為日本詩朗讀的先驅，大眾也開始接受讀詩與現場音樂結合。臺灣讀者熟知的谷川俊太郎也常與音樂家合辦現場朗讀會，其中也包含他的兒子音樂家谷川賢作。

前面幾節的考察中，讀詩與吉他、饒舌結合都是常態，甚至也有聲樂與民謠。最常見的是與饒舌結合，而這點就與發源地美國息息相關。一九六六年非裔美國人以打破種族藩籬為目的組成了黑豹黨（Black Panther Party）。一九六八年深受黑豹黨影響的詩人賈拉．曼瑟．納爾丁（Jalal Mansur Nuriddin）與奧馬爾．本．哈桑（Umar Bin Hassan）決定在紐約哈林區組成詩朗讀團體「最後的詩人們」（The Last Poets），這個團體也被視為饒舌的先行者之一，因此饒舌初期與詩朗讀是關係緊密的。一九九〇年代的詩朗讀擂臺中有不少饒舌歌手參賽，二〇〇三年於新宿 MARZ 舉辦的「Shinjuku Spoken Words Slam」，臺上也是同時出現詩朗讀與饒舌樂。

到了今天美國的詩朗讀擂臺已經與饒舌分道揚鑣，政治批判性同樣強烈，卻鮮少在詩朗讀擂臺上看到饒舌歌手，畢竟後者擁有更多的舞臺。反而是日本的詩朗讀擂

臺與饒舌的關係更加密切，甚至出現了「饒舌詩人」如「不可思議／wonderboy」、「狐火」、「神門」等，他們同時活躍於詩朗讀與饒舌的舞臺上。而POETRY SLAM JAPAN（ポエトリースラムジャパン）的詩人村田活彥，也曾就讀饒舌學校。

當然今天的我們已經不會把饒舌視為詩，畢竟比起追求語言上的技藝，或是所謂的「詩意」，饒舌更重視的是引起觀眾共感，因而會選擇更口語的語言，傳遞資訊的意圖也會更明確。而詩朗讀擂臺的朗讀者未必都是精通文學的詩人或寫作者，因此對他們來說選擇饒舌會更容易入門。

2 對話

除了與音樂的現場結合，有趣的是日本的詩朗讀擂臺也時常出現「對話」。有對話的詩並不稀奇，不過在詩朗讀擂臺的場域中比例特別高，這個對話指的並非兩位詩人真的站在臺上對話，而是在詩中營造出對話氣氛，或是由不同敘事者來對話，這裡節錄詩人伊藤晉毅曾在「千葉詩亭」朗讀的〈欸？太虧了〉（え？損してるよ）：

欸、欸、欸、欸、欸、欸？
欸？不知道現在的總理大臣的話人生也太虧了
不知道自己的名字的話人生也太虧了
全部都單點的話也太虧了

——節錄自伊藤晉毅〈自我介紹〉，煮雪的人譯

日語有個特色是常常省略主語，根據社會學者小林修一研究，原因在於日語發話通常跟「場」有著很深的關係，這個「場」指的是現場狀況或是對話者間的關係，也很接近所謂的「語境」或「文脈」，根據這些資訊就能夠知道發話的主語是誰，因此常被省略。對此語言學家井出祥子表示：「所謂談話的場，就是瞬間統合並分析當

時的語境，再依此選擇適當的情態來回覆。」簡而言之，日語的溝通非常需要「語境」，對此不拿手的人就會被指責為「不會讀空氣」或「ＫＹ」（Kuuki Yomenai，不會讀空氣的意思）。

要能理解「場」，除了語境跟文脈，發話者的語氣與發話方式也很重要，然而這些資訊很難用活字表現出來，因此在閱讀文字的時候我們很難去判斷這些資訊。相較之下，在詩朗讀擂臺的場域，這些場又能夠重新被表現，因此詩人更傾向用朗讀的方式來詮釋這些有對話的作品。

3 手勢

接著談談「手勢」的部分。美國的朗讀人多會透過激昂的手勢來渲染情緒，譬如雙手高揮或握拳，有點類似於政治演說；日本朗讀者則更傾向使用有指稱性的手勢，而非單純的情緒展現，譬如如果詩中提到「牛奶」，朗讀者可能就會用手比出打開牛奶的手勢，彷彿在演出默劇一般。若是形式比較自由的，也會有朗讀者直接結合讀詩與演劇，或是日本傳統藝能的落語與慢才，手勢的表現也因而更多元。

此外朗讀時的「間」也相當重要，這個「間」指的是段落與段落，或是句子與句子之間留白的時間，看似無謂其實相當重要。這裡我想引用學者川田美里研究詩朗讀的論文：「聽眾其實能夠感覺到『間』的微妙變化。就算是一首短詩，適當地變化『間』可以讓聽眾更喜歡。機械式固定的『間』反而會阻礙聽眾對詩的感受。」

除了避免機械式的停頓之外，有些朗讀者會刻意停頓很長一段時間，在舞臺上坐下或是喝水，給予觀眾情緒上的緩衝。「胎動二〇二〇」的來賓狐火甚至直接躺在舞臺上，時間長到讓人不禁懷疑他是否睡著了。不過這些手法僅限時間比較彈性的詩朗讀，詩擂臺的話由於攸關勝負，若是超時就會被取消資格，朗讀者大多不會冒險使用這些方式。

以上提及許多詩朗讀擂臺的表現手法，不過當然並非受到所有人青睞，依然有部分的朗讀者選擇沉穩純粹的朗讀。譬如谷川俊太郎在朗讀的時候大多沒有多餘的動作；KOTOBA Slam Japan大阪大會中名為「UTAKAB」（ユタカB）的朗讀者則是單純用耳語的方式讀詩。

此外，ITOUSEIKOU也曾表示自己常覺得電視上的詩朗讀有點表演過度（演技過剩）。另一方面音樂家町田康也認為許多人忌諱的「棒讀」並非一定是拙劣的表現，有時候反而會刺激聽眾的想像力。

總之，雖然強調的是「表現」，但是這個表現未必要與「誇張」畫上等號。換個角度來說，如果「誇張」是詩朗讀擂臺的先決條件，反而會逼退較為內向的參加者，這就大大違反了詩朗讀擂臺的初衷：開放自由。若要在詩人普遍較為內斂（有嗎？）的臺灣推廣這項競技，日本的路線也許會更加合適。

遠藤 HITSUJI

訪談C

專訪「Open Mic SPIRIT」二代目主辦人遠藤HITSUJI

二〇二〇年十二月十一日，也就是考察完「Poetry Reading Open Mic SPIRIT」（ポエトリーリーディングオープンマイクSPIRIT）四天後，我與主持人遠藤HITSUJI相約在品川車站。

品川車站對於過往的我來說只是個轉運站，仔細想想這也許是我第一次走出剪票口。畢竟是有新幹線停靠的大站，眼前的人流不輸澀谷街頭。提前抵達的我決定跟著人流前進一探此處的究竟，結果被帶到了戶外的吸菸區。

我回頭進到車站，看著挑高的天花板兩側絡繹不絕的廣告旗幟，突然開始擔心：

「我真的能在這座迷宮中遇見遠藤桑嗎？」

來到約定會面的螢光黃時鐘地標，我才發現自己的擔憂是對的：無以計數的人站在此處明顯是在等著某人，此刻的我儘管已經見過一次遠藤HITSUJI本人，卻是在昏暗的詩朗讀會場，我反而沒有自信能夠在明亮的車站中認出他。

於是我傳了訊息跟他說：「我到了，身穿綠色外套。」

他馬上回了訊息：「偶然，我也穿綠色外套。」

這個「偶然」給了我不少信心，連外套的顏色都能相同了，見個面應該不難吧？我開始在群眾中找尋綠色外套，果然看見了一張有點熟悉的面孔，他依然戴著狩獵帽與粗框眼鏡，於是我向他招手。

相認後我們離開車站，步行在昏暗的街道。品川果然是轉運站，雖然依然是都市光景，街上的人潮明顯比車站裡少上許多。我們走進五分鐘距離的喫茶室**Renoir**，此處雖是連鎖店，裝潢卻不馬虎，沒有辜負招牌上的「GINZA」（銀座）幾個字。簡單寒暄之後，我們開始今日的訪談，除了主題詩朗讀擂臺之外，也順道聊了一下日本詩壇的現況：

「可以先幫你拍張照嗎？之後想收錄進書裡。」我說。

「當然沒問題，」遠藤簡單整理了一下儀容。

我拿出相機，按下快門。

我：可以先請你談談一開始為什麼會接觸到詩朗讀擂臺，甚至成為主持人嗎？

遠藤：我是二〇一五年開始踏入詩朗讀擂臺的領域。很久以前我就對詩有興趣，大學時也選擇專攻近現代詩。大學畢業後姑且先就職了一下，後來辭掉工作回到東京的老家，又做了幾份不同工作，但我始終覺得既然都回到東京了，應該要嘗試些新的事物。譬如寫小說、交點新朋友，甚至是結婚。那陣子就這樣嘗試了許多事情，其中最成功的應該是寫詩。影響我寫作最深的詩人是吉增剛造，一九六〇年代他的詩朗讀相當有名，現在也相當活躍。我從以前就很喜歡聽他讀詩，所以就想說自己也可以挑戰看看，那是大約二〇一五年的事情。

日本有各種同人誌市集，譬如漫畫的 Comic Market，也有文學 Free Market。其中有場是詩專屬的同人誌市集，每年都會固定舉辦，不過今年碰上疫情所以取消。二〇一五年我也報名到現場販售自己的詩集，當時坐在我隔壁的就是「Poetry Reading Open Mic SPIRIT」的初代主辦人大島健夫與 URAOCB，我想那就是我踏入詩朗讀擂臺領域的契機。

受到大島健夫與 URAOCB 之邀，加上我本來就有點興趣，我就這樣開始參加詩朗讀的 Open Mic 活動。尤其二〇一五到二〇一九年間我參加了非常多場，也會以來賓的身分受邀上臺。後來大島健夫與 URAOCB 就跑來找我商量願不願意接下「Poetry Reading Open Mic SPIRIT」主持人的職位。這個活動對我來說是個相當重要的存在，當時我覺得必須持續下去，於是找來伊藤竣泰一起接下主持人。

（此時遠藤拿出幾張資料，上面列出了當今日本各地的詩朗讀擂臺）

不曉得這些資料對你是否有幫助，日本的活動大致可以分成詩朗讀 Open Mic 與詩擂臺，另外還有詩人與音樂家的合作演出。

我：在這之前還有所謂的詩拳擊對吧？

遠藤：喔對，現在各地的高中仍然有詩拳擊社團。你提過你現在在法政大學，指導教授是島田雅彥對吧？我記得他是詩拳擊的優勝者。

我：不瞞你說，我會接觸到這個領域就是因為島田老師。

遠藤：原來如此，沒錯，詩拳擊就是日本最早的詩擂臺。不過當時參賽的大多是頂尖詩人如谷川俊太郎或是NEJIME正一。

我：我想把問題往前推一點，遠藤桑是什麼時候開始寫詩的呢？

遠藤：大約是大學二年級的時候，申請大學的時候我寫的是自己要研究中原中也，不過到最後畢業論文變成吉增剛造，總之都是詩，因此也嘗試寫了一點作品發表在校內刊物。

我：當時為了投稿而寫的詩，與後來為了朗讀而寫的詩，應該有不小的差別吧？可以談談兩者的差異嗎？

遠藤：如果是為了朗讀而寫，我就會有意識地選擇能夠被現場多數人所理解的詞彙，譬如生物的蜘蛛與天上的雲都唸作「KUMO」，如果是為了朗讀而寫的作品，就要確保聽眾能夠分得清楚我寫的是何者。也許可以用前後文來讓聽眾知道指稱的是哪個事物，不過我還是會盡量減少容易被誤會的語彙。

如果是為了閱讀而寫的作品，自然就不會有這些問題，因此可以選擇更艱澀難懂的詞彙。哪天如果我要朗讀這些作品，可能就會修改比較難的語彙，或是在朗讀的時候重複多次比較難以理解的句子。因此我有許多作品同時有「文字版」以及「朗讀版」。

我：其實我今年二月有到詩朗讀擂臺的發源地美國考察了幾場活動，其中參賽者大多是非裔人士，詩的主題也幾乎都與種族歧視相關，具有相當強烈的政治性。不過就至今我在日本考察到的活動來看，日本似乎沒有這種傾向，遠藤桑認為這個現象有哪些理由？

遠藤：確實日本的詩朗讀擂臺雖然並非完全沒有政治性題材，譬如從事「迴響音樂讀詩」的ITOUSEIKOU（いとうせいこう）就有不少政治性強烈的作品。不過大多數還是相當「平和」，幾乎都是與個人生活，帶點幽默感的內容，相較於美國，日本可以說是相當「餘裕」。

我認為政治性的內容有很大的感染力，美國的場合多數人都是選擇政治性的題材，其他參賽者可能就會受到影響也想要跟進。日本由於打從一開始就比較少政治性，這方面的影響自然也沒有美國那麼明顯。日本這方面的活動比較秉持開放的態度，基本上你要在臺上做什麼都可以，所以參賽比較不會被其他人的內容給影響，這種狀態我稱其為「平和」。

跟其他國家比起來，日本進行言論管制的歷史並不長，也許正是這種精神進一步影響到題材的選擇。當然，我也會覺得缺少政治性題材是個缺點，就我個人來說，看到電視新聞的時候多少會想寫一些與社會問題相關的詩，這時候我就會覺得日本的政治詩確實有點不足。

我：除了詩朗讀 Open Mic 之外，遠藤桑有參加過詩擂臺嗎？

遠藤：有參加過幾場。

我：詩擂臺上關乎勝負的朗讀，以及詩朗讀 Open Mic 中的朗讀，兩者在表現上有什麼不同嗎？

遠藤：雖然說詩朗讀 Open Mic 多少也會被聽眾評價，不過關乎勝負的詩擂臺果然更令人緊張。第一個差異我認為是在選詩上，正如我剛才說的，朗讀的時候一定會希望越多人聽懂越好，因此會使用平易近人的語言。而詩擂臺更是要在三分鐘之內盡可能抓住最多人的心，為此也會選擇比較能引起共感的題材，譬如家庭、兒時記憶等等。

另外就是詩擂臺對於時間的要求更為嚴謹，只要超過十秒就有可能會被判出局，因此我會將朗讀時間設定在兩分半，預留三十秒左右緩衝，以避免當天會因為情緒而有時間上的差異；至於詩朗讀 Open Mic 大多將時間設定為五分鐘，而且就算稍微超時也不會有大礙，緊張感相對就低上許多。

如POETRY SLAM JAPAN這種大型賽事，儘管在臺上相當緊張，比賽結束之後大家都會互相鼓勵，落敗者都會給予勝者祝福。輸掉的話當然多少會不甘心，不過更多時候會覺得「啊，輸給他也無可奈何。」因而希望對方在往後的賽事持續晉級。那一刻我總算能體會到，為什麼體育比賽的輸家會願意在接下來的賽事幫對手加油。

我：觀察日本的詩朗讀擂臺至今，尤其是詩朗讀Open Mic的部分，許多人已經不再侷限於詩，也有人上臺朗讀短文或是漫畫，既然如此為什麼還是將活動定調為「詩朗讀」？

遠藤：我會認為這裡的詩（Poetry、ポエトリー）是一種表現的根源，譬如我們會說某些繪畫很詩情畫意，舞蹈也是，像日本的暗黑舞踏就與詩有很大的關連，另外爵士樂也是，一九六〇年代詩人白石KAZUKO就舉辦了很多場詩跟即興爵士的聯合演出。這些有「詩意」的演出一直都很多，在這裡我認為「詩」成了一種根源，不管是饒舌、搞笑、脫口秀，甚至只是站在臺上自言自語，只要當事人認為自己的演出有詩意，詩就會給予他回應。

每個人當然都會有喜歡與不喜歡的詩，我不會輕易否定什麼是詩，所謂「詩朗讀」對我來說只是個形式，最重要的是想表現出那個根源。透過詩朗讀的名義來聚集各種領域的表演者，正是詩朗讀的魅力。每個參賽者的背景都不同，雖然我自己確實是研究現代詩出身的，不過在詩朗讀擂臺的場合有更多是演員、歌手、舞者，也有人只是因為突然想跳舞就來參加。只要是有透過聲音來表達「言語」，且演出者認為其中有詩，任何形式我覺得都可以，是一種分類上的灰色地帶。

我：其中最重要的是透過「聲音」來表達嗎？

遠藤：沒錯，聲音是最基本的。日本古代的《平家物語》，或是琵琶法師這個職業都是透過聲音而非文字來傳遞，那個時候的口說文化也許還殘存在我們心中。

我：遠藤桑有在關注海外的詩朗讀嗎？

遠藤：海外的部分有很多人比我更精通，我自己認識有在從事朗讀的外國詩人大概就是吉爾．史考特－海隆（Gil Scott-Heron）、林頓．奎西．強生（Linton Kwesi Johnson）等人，他們從事的是政治性很強烈的迴響音樂詩朗讀。有參加過世界性賽事的朗讀者應該會比我更清楚海外的狀況，譬如現在依舊固定會在千葉舉辦詩朗讀 Open Mic 的大島健夫，或是主辦 KOTOBA Slam Japan的三木悠莉，還有美國出生的喬登．史密斯。另外就是先前主辦 POETRY SLAM JAPAN 的詩人村田活彥，他相當熟知紐約文化，有機會的話你也可以訪問他。

（幾個月後我真的這麼做了）

遠藤：話說回來，臺灣在這方面怎麼樣呢？

我：幾乎沒有詩朗讀擂臺之類的活動，大多只是新書發表會上的讀詩，也就是單純把文本讀出來而已。

遠藤：日本如果不是熟悉詩朗讀擂臺的詩人也是如此，大致上就是把文本給直接讀出來，我有加入「日本現代詩人CLUB」，舉辦講座的時候也有讀詩的習慣，不過大家就只是把拿在手上的詩給讀出來而已，這可能才是常態。

如果不是經由朗讀而是透過文字發表的詩呢？就我所知詩在韓國是個相當熱門的文類。

我：寫詩的人一直都有，不過讀詩的人不多，甚至有個誇張的説法是寫詩的人比讀詩的人多。

遠藤：啊，這樣的話跟日本有點像，總覺得讀詩的人沒有比寫詩的人多。寫詩的果然還是算小眾，如果不是大型書店的話可能書架上也不會有詩集，大型出版社又只會出版谷川俊太郎等等知名詩人的詩集。

我：這方面還真有點羨慕韓國。

遠藤：那臺灣寫詩的年輕人多嗎？

我：Instagram的出現多少有帶起一點讀詩的風氣，不過也受限於輕薄短小的版面，年輕人的詩有越寫越短的傾向，畢竟現在已經不會有太多人願意將時間留給讀詩。這幾年有明顯感覺到詩集在變多，不過跟其他文類比起來還是相當小眾。

遠藤：日本的話感覺寫詩的年輕人不是很多，像是「日本現代詩人CLUB」或是詩專屬的同人誌市集，只要沒有超過六十歲都算是年輕人，我在裡面簡直就像是誰帶去的孫子。預算可能也是個原因，我印刷一本詩的同人誌大概會花上一萬到一萬五千日圓，這對現在的年輕人來說可能是個不必要的支出。另外就是現在能在網路上得到的回饋遠遠多於現場活動，只在網路上寫詩的人越來越多。

詩朗讀擂臺的場合可以看到更多年輕人，但是很多朗讀者未必真的會讀日本現代詩，其中很多人可能對演劇、音樂或是饒舌文化更感興趣，能夠一起聊詩的還真的沒幾位。不過這樣反而更令人感到放鬆，起初發現到大家其實都不太懂詩的時候，說真的還有點衝擊。

原本想說來到這個場合可以跟很多人一起聊聊現代詩，結果只看到一堆喝酒的歐吉桑，我才知道詩朗讀擂臺與所謂的現代詩其實有著不小的距離，而我確實有想成為連接兩者的橋梁。譬如我很常邀請一些寫詩的人來參加詩朗讀擂臺，不過今年因為碰上疫情少了很多這種機會。

我：日本的年輕詩人大多在網路的哪裡活動？Twitter 或是個人部落格嗎？

遠藤：在這之前有不少詩的討論版，不管是出過詩集還是寫詩的新人都會上去刊登作品。其中有個叫做「文學極道」的討論版，會定期選出最優秀賞與優秀賞的詩，不過沒有獎金。但是上面的人越來越少了，今年好像也沒有頒獎。

Twitter 上的詩人反而沒那麼活躍，我能馬上想到的是福島詩人和合亮一，東日本大震災後他就一改詩風，發表在 Twitter 上的詩得到不少迴響。另外還有「胎動二〇二〇」的來賓詩人之一宮尾節子，她曾在 Twitter 上發表過一首相當有名的〈戰爭將從明天開始〉（明日戦争がはじまる）。臺灣的話是 Instagram 最熱門嗎？日本的話大多是喜歡拍照的人才會用 Instagram。

我：我大學的時候還有BBS的詩版跟一些文學論壇，後來Facebook成為最有人氣的發表平臺，直到最近年輕人開始遠離Facebook，Instagram成為年輕創作者最喜歡的發表管道。不過就像剛才提到的，受限於版面的關係內容沒辦法太長，而且為了快速抓住其他人的眼球，多半是些大同小異的內容。

遠藤：這讓我想到日本也有一些輕薄短小的詩，有人覺得語言太過媚俗，所以戲稱為適合貼在廁所，或是裝飾月曆的詩。這類作品當然評價兩極，有人無法認同，也有人認為這類作品有推廣詩的積極意義。

另外在日本，散文詩有逐漸強勢的傾向，像是《現代詩手帖》最近就刊載了不少讀起來有點像小說的散文詩。

我：我的同學山崎修平就很擅長寫這類的散文詩。

遠藤：喔，原來他是你同學啊，我記得他的詩集最近剛得到「歷程新鋭賞」。

我：我跟他都有修島田老師的創作課，課堂中主要是討論彼此的小說，他交出來的散文詩就介於詩跟小說間的曖昧地帶。

把話題拉回詩朗讀擂臺，想請問參加過的詩擂臺中，決定勝負的大多是裁判還是觀眾？

遠藤：POETRY SLAM JAPAN的話每個地方大會的規則差異很大。譬如我去年（二〇一九）在群馬縣的前橋大會獲得優勝，之後晉級全國大會，那時候我記得是透過現場觀眾全員投票來決定勝負。至於POETRY SLAM JAPAN剛開始舉辦的時候應該是從觀眾中選出五人擔任裁判，決定〇到十之間的分數。

我：我在紐約看到的也是這樣。

遠藤：是的，世界盃我記得也是這樣運作。POETRY SLAM JAPAN的創辦人村田活彥應該是盡可能將海外的規則引進日本，這樣才方便派優勝者前往巴黎參加世界盃。至於最近正在舉辦的KOTOBA Slam Japan，由於疫情而只能線上舉辦的緣故，既有的方式就比較難適用，不過也多虧線上直播平臺有投票功能，可以更快統計出全員觀眾的票數。

話説回來，在前幾天舉辦的「Poetry Reading Open Mic SPIRIT」之前，你有去考察其他活動嗎？

我：十一月二十一日我有去考察「胎動二〇二〇」。

遠藤：在兩國舉辦的那個活動對嗎？我記得那場活動的來賓都是來頭不小的詩人，還有幾位有名的饒舌詩人。主辦人 ikoma 原本從事的不是詩朗讀擂臺，而是硬派音樂的主唱，就我所知他應該是在參加上野「UENO POETORICAN JAM」（ウエノ・ポエトリカン・ジャム）之後……

我：我記得那場活動谷川俊太郎也有上臺。

遠藤：對對對，二〇一八年那場谷川俊太郎也有上臺。二〇一八年那場是第六屆，印象中 ikoma 桑是因為參加前面某一屆而開始擔任詩朗讀擂臺的主辦人，也有主持過 ITOUSEIKOU 的活動，至今都是個很活躍的主辦人。

我：最後我想問問遠藤桑，今天談論到詩朗讀擂臺，有個無法迴避的問題就是疫情的影響。譬如剛剛提到的「胎動二〇二〇」，所有的入場者都必須在口罩之外加上面罩，基於防疫考量也必須租借比以往更多的麥克風，造成舉辦活動的支出增加，而必須在櫃檯放一個捐款箱來補貼額外成本。可以請遠藤桑談談疫情對你身為「Poetry Reading Open Mic SPIRIT」主辦人的影響嗎？

遠藤：日本的疫情從今年（二〇二〇）開始變得嚴峻，四月我原本有場活動也因此中止。那時候還不到疫情高峰，仍然處於政府還在考慮發布緊急事態宣言的階段，不過「Poetry Reading Open Mic SPIRIT」的固定場地 Ruby Room 已經宣布停業，原本邀請的來賓也因為私事而退出活動，於是我們就決定中止活動。三月的時候就有討論到是不是要用酒精消毒設備，然後多添購一些防疫用品，不過後來活動就中止了。

六月的時候日本政府解除緊急事態宣言，那之後我就一直觀察狀況，估算大概多少觀眾會來，自己也對什麼時候才能重啟活動毫無頭緒。如果舉辦活動造成群聚感染，對於場地方也說不過去。

考察這些活動之後你應該有注意到朗讀人的年齡層相當廣泛，其中也有高齡人士，如果其中有人得到重症我這個主辦人也難辭其咎。後來我是看到一場每月定期在青山舉辦的活動，他們轉移到線上舉辦一次之後又恢復現場舉辦，另外「千葉詩亭」也宣布將在十月復辦，於是我就跟伊藤桑說，我們是不是也可以嘗試看看現場活動了？所以就在九月重新舉辦活動。當時當然還是有點不放心，其實就連前幾天舉辦那場我也相當不安。

不只是詩朗讀擂臺，我自己身為詩人的活動也受到不小影響。剛才提到我有加入「日本現代詩人CLUB」，原本每個月都有定期聚會，今年三月過後就沒有舉辦過。畢竟這是屬於社團法人的組織，需要考量的事情也比較多，這期間的往來就全部變成電子郵件與信件。另外就是我在今年六月出版詩集，原本有規劃一些新書發表與個人演出的活動，後來也因為疫情全數取消。

這段期間也並非完全沒有活動，八月的時候我舉辦過一場線上的個人Open

Mic，我從網路上募集十五首詩，在活動中由我自己一人將全部朗讀出來，算是在疫情期間的一種妥協。

我：說到線上活動，我在隔離期間有收聽 ikoma 桑主持的「MIDNIGHT POETS」，那場活動好像始終都是透過線上舉行對嗎？

遠藤：對，最早從事這種線上活動的我記得是 ITOUSEIKOU 舉辦的「MUSIC DON'T LOCKDOWN」，「MIDNIGHT POETS」應該也是受其影響而開始舉辦的線上詩朗讀活動，後來甚至越舉辦越長，一路從深夜朗讀到早上，我也受邀擔任過那場活動的司儀，當時實在是很想睡覺。

先前我就有跟另外五位詩人共同舉辦名為「詩人沙龍」（詩人サロン）的線上詩人節目，不過那主要是在討論詩人的日常生活等等沒什麼意義的話題，並非表面上那般深具思考的活動，譬如最近有推薦什麼連續劇啦、玩一下心理測驗，剩下的時間才會認真讀一點詩。這活動一開始是三木悠莉提議要舉辦的，在那之前她也沒有製作這種節目的經驗，所以也經歷了不少試行錯誤。正是因為這些經驗，讓今年被迫轉往線上活動的時候，我們得以省下很多功課。我想這些經驗也促使了三木悠莉舉辦現在相當熱門的 KOTOBA Slam Japan。

我：「詩人沙龍」現在還有在舉辦嗎？

遠藤：現在處於不定期舉行的狀態，有舉辦的話應該會是在三木悠莉的推特或是 Youtube 頻道。

換個角度來看，我認為線上活動反而彰顯出詩朗讀的價值。像現在的情況下樂團就很難演出，畢竟分隔多地的樂手們很難透過線上直播合作，不過詩朗讀擂臺只要你保有「聲音」，並且準備好一臺電腦或手機，在任何地方都能參與演出，難度比起其他形式的演出低上許多，這也許就是詩朗讀擂臺的魅力之一。

附帶一提，日本的詩朗讀擂臺大多接受朗讀人帶稿上臺，無形降低了這項活動的門檻，我認為這也是件好事。雖然活動的門檻不高，朗讀人當然會隨著經驗累積而有實力上的提升，不過初心者只要願意上臺讀出自己的想法就好，其餘的不用擔憂。

我：我近期在日本考察到的現場活動大多是詩朗讀的Open Mic，不知道有沒有一些關於詩擂臺或詩拳擊的資訊。

遠藤：詩拳擊的話靜岡有位木村沙彌香，她高中時代就開始參加詩拳擊，好像得了冠軍二連霸，也許你可以關注看看她的動態。大島健夫也參加過詩拳擊，最近幾年也會出現在各地的詩擂臺，現在的話他每週都會在Youtube上讀詩。

大多數的活動果然還是不定期舉辦，疫情前這方面的活動有越來越多的傾向。PSJ的主辦人村田活彥很熟悉詩擂臺文化，有時候會在網路上舉辦詩擂臺相關的講座，如果你想請教他的話，傳個訊息給他，我想他應該很樂意幫你。

之後有什麼問題也都可以問我，日本的詩朗讀擂臺果然還沒有一個系統性的資料整理，雖然有不少人說過想好好研究這個活動，但真正在做的好像不多。

訪談結束後，我跟遠藤要了一首他登臺朗讀過的詩，當作本次訪談的收尾：

〈打磨王冠〉（註：日文中的玻璃瓶蓋寫做「王冠」）

因為無事可做
早晨起床後的我烤了一片吐司吃掉
然後贊同一場連署活動

以上結束之後我以電視新聞報導
為BGM嘗試讀了詩集等等
卻只能任由文字滑過目光

一行詩滑過紙面
擺出無垢的喜怒哀樂表情
逃竄到了某處

它拋開我
在那某處開始一場朗讀會
不曉得有何居心

沒辦法我只好闔上詩集
稍微做了點運動　明明才中午
卻因為太想喝而從冰箱拿出了瓶裝啤酒
滲入油漬的抽屜中

我拿出開瓶器　熟練地敲開王冠
碳酸如尋求呼吸般竄了出來

將用過多次的啤酒杯傾斜三十七點五度
穩穩接住流出的啤酒
厭惡密閉的時世將皐月之風送進房間

風彷彿是綠色的
與麥的金黃色交纏
將我口內的紅照得更加明亮

繼續喝著啤酒　一切愜意
有些詭譎的　日正當中的太陽

與我手裡玩弄的物品有些相似
手裡是什麼？當然是
玻璃瓶的王冠
從瓶的天邊除下的王冠

王冠的突起數是世界共通的二十一
而太陽的突起　究竟有幾根
以新聞報導為ＢＧＭ口內持續閃耀

我被太陽蓋上
成為地球瓶中的一粒氣泡
碳酸消散般的安靜白天

外頭傳來的聲響無礙於安靜
所謂真正的靜寂
指稱的是沒有意料之外的聲響

電視不斷重複報導同一件新聞
會特別注意到這種事
是因為已經喝醉了嗎？

口內被照亮之際
我想起太陽黑子
也就是影

影是被周圍的光明
給驅逐的微小光源
在時間的天頂盲信一切光與醉意

終於來到了午後的沉靜時間
我從工具箱中拿出銼刀
開始打磨王冠的突起

儘管不可能完全磨平
我期盼聲音能誘使那一行詩回歸
新聞主播明亮的聲與銼刀微小的音

十分安靜

沒有意料之外聲響的真正靜寂
愜意的房間裡　我偷偷打磨王冠

——遠藤 HITSUJI 著，煮雪的人譯

FINAL ROUND

關於臺灣，
以及那些還沒做的事

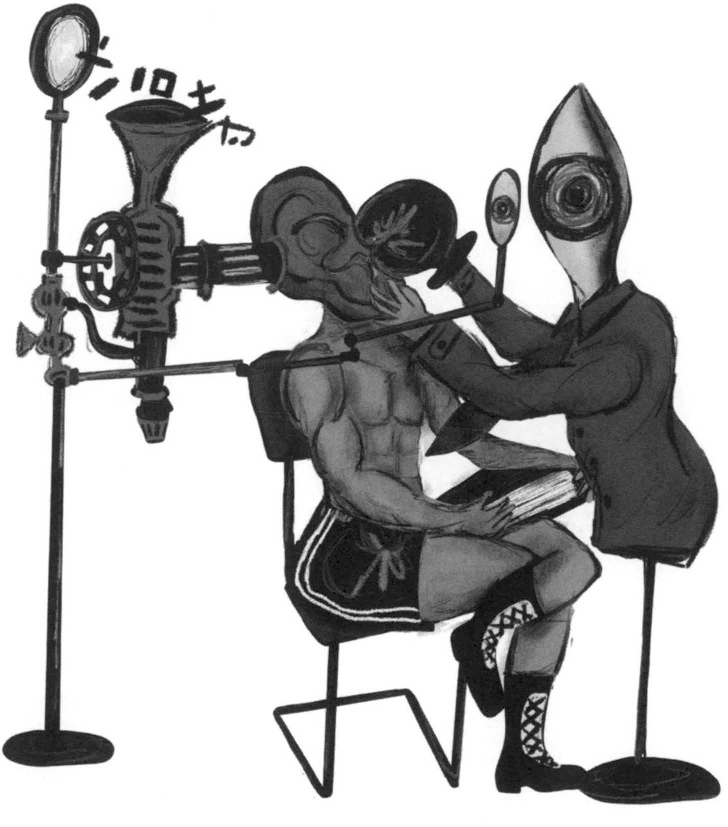

F-1 精神與物理皆自由的空間

東華大學詩擊賽

談了這麼多日本與美國，那麼臺灣呢？有沒有舉辦過任何一場詩擂臺？有的，東華大學校內曾舉辦過詩擂臺。

受到日本詩拳擊的影響，東華大學的詩擂臺當時命名為「詩擊賽」。為了這篇文章，我與詩擊賽的三位靈魂人物：陳大中、沈嘉悅、廖宏霖相約在林森北路的居酒屋，徹夜聊到三個人彷彿都中了一記上勾拳。

相較於巧合只是客觀上的機率結果，「緣分」這個詞強調的是超越數字的吸引，其中可能包含主觀性，而對我來說，當你開始接觸一個新領域，才發現認識多年的朋友竟是其中的先行者，我想這就是緣分。沈嘉悅——這裡稱其為拉麵（雖然他說這幾年越來越少人這麼叫他了）——就讓我體會到了這種緣分。

與拉麵相遇約莫是十多年前的牯嶺街書市，抑或南海藝廊，總之就是臺北城南那一帶。當時的我與詩人鴻鴻共同創辦《好燙詩刊》不久，時常遇見拉麵這位充滿鬼點子的前輩。他的出現，總會伴隨一些令人懷疑其可行性（但最後都有成功）的計畫：包含製作小本詩集供讀者放在帆布袋中閱讀、在南海藝廊打造文學創作者聚落（而我總是去那邊的露臺喝酒）、舉辦最壞詩獎……。開始寫作這本書之後，我才又得知他與詩擊賽的淵源。

這一切要從拉麵讀大學那年開始談起。

入學之際由於校內沒有文學社團，花蓮的大學生活並沒有給拉麵太大的刺激，比起現實，他更活躍於絲路、楓情萬種、喜菡、葡萄海等等網路詩論壇。直到在BBS上認識了陳大中，一切才有了改變。大四的沈嘉悅與陳大中相約在志學街的7-11，不聊還好，一聊相見恨晚。

聊天中，拉麵得知大中定期會在學校的南陽臺進行文學聚會，甚至會舉辦名為「詩擊賽」的活動。那是什麼？詩人出拳揍對方嗎？雖然暴力，但是聽起來很有趣，總之參加看看吧。當時沈嘉悅創辦了一份叫做《吠》的文學刊物，他想到可以在活動中拉攏刊物的投稿者，於是就這麼栽了進去。

東華大學詩擊賽的前身，可追溯到由許子漢教授於二〇〇三年成立的「詩歌朗誦小組」，草創成員有李美雪、宋詅宣、施虹如、施湘靈、陳大中、魏郁青、江意婷、胡心宇、徐艾芃、林芳儀、詹閔旭及劉宇哲。小組於二〇〇四年四月二十八日引進日本詩拳擊的理念，於南陽臺舉辦第一屆校內詩擊賽，並於隔年端午節（六月十一日）與十二月十七日舉辦第二、三屆。沈嘉悅以「吠工作室」的名義加入之後，引介「玩詩合作社」的概念，舉辦了一場為期兩天以詩為主題的園遊會「詩遊園」，除了詩擊賽也包含詩鬼牌、射詩人、踩詩人等活動，詩擊賽可以說是裡面最和平的一項。

詩擊賽慢慢成為每半年舉行一次的固定活動，總共舉辦十屆，除了我眼前三位喝著啤酒的男子，核心的成員還包括中文系的吳欣瑋、譚凱聰、徐艾芃，材料系的黃弘杰、諮輔系的王家齊等等。優勝者可以得到其他參賽者提供的獎品如光碟、收藏，或是附近商家提供的碳烤雞排或黑豆漿，而根據沈嘉悅的記憶，學校裡的許子漢與吳明益等教授也曾贊助過幾屆優勝獎品。

然而，這類型的競技在臺灣畢竟並非熱門，臺上加臺下約莫只有十人左右，後來雖有加入網路直播，觀看人數大約三人，其中一人是今天（二〇二三年）與我們一起坐在林森北路的居酒屋，當時遠在越南的廖宏霖。直播之外，當年仍是學生的詹京霖導演也曾以DV記錄過程，並由拉麵剪輯，製作出一部詩擊賽主題的紀錄片。

十屆的詩擊賽皆在南陽臺舉行，南陽臺是什麼樣的地方呢？沈嘉悅如此形容：那是一個精神與物理皆自由的空間，就算沒有活動，也可以在那裡彈吉他、放音樂，最重要的是，使用該處不需要與學校租借。沒有經歷過那段時空的我坐在臺北林森北路的居酒屋中，腦海裡想像東華大學校園的晚風、吉他聲、朗讀聲，只差一杯調酒，並非手續繁雜的那種，大概是螺絲起子或是鹹狗。

接觸到詩擊賽之前，拉麵總認為「相較於獨立音樂，如風和日麗唱片行、小白兔唱片，當代詩根本是古典詩。」他一直都想用〈大臺北畫派宣言〉般的當代藝術想法去表現詩，而詩擊賽終於滿足了這一點。

東華大學詩擊賽初始的規則如下：觀眾給分、第一輪指定詩競賽（由官方指定，或是抽籤）、第二輪可以自由選擇題目。此外有時候也會由兩人共讀同一首詩，負責不同段落。沈嘉悅加入之後，則開始有「亂入」的不成文規則，任何人皆能打斷臺上的朗讀者，也能奏樂，儘管依舊有勝負，更強調的是整體彈性。

「亂入之後反而更能觸動另一人。」二〇二三年的居酒屋裡，沈嘉悅喝了一口啤酒說：「兩人的即興配合，才是那個難以重現，難以替代的瞬間。」過程中，拉麵也喜歡將「作者」拉進擂臺，而非停留在文本的演示，藉此產生更激烈的衝突。

這些難以替代的瞬間，也隨著陳大中、沈嘉悅、廖宏霖離開校園之後，凝結在東華大學的時間軸上。

南陽臺的文學聚會後來轉型成「請勿久佔讀書會」，除了讀書會，團隊也不忘繼續舉辦詩擊賽，如二〇一四年的「詩擊2.0」，（網路直播的觀眾也能參與投票，賽後還有觀眾「雲端點詩」時間）、二〇一六年則有融入萬聖節扮裝概念的「百鬼鬥詩」。

二〇二〇年過後，「請勿久佔讀書會」似乎也受到疫情影響處於沉寂狀態，不過誰也不知道他們下一刻會出現在哪裡。

也許就是你家陽臺。

F-2 後記

那些還沒做的事

二〇一七至二〇二一年間旅日四年，時間分配上剛好是京都與東京各半。

旅居京都期間，經歷了諸多生在臺北的我從未想像過的驚奇，恨不得自己能在這座古都多住上幾年，不過我依然選擇前往東京，原因很簡單：當你想要體驗任何領域最新——包含文學在內——的事物，想要得知任何第一手消息，東京還是比較適合。

來到東京之後，為了不辜負選擇離開京都的自己，我盡可能地參與了各種文學活動與講座，非文學的當然也參加過不少。因此當我得知詩朗讀擂臺之後，我決定要好好考察這項競技。

原先的規劃是利用二〇一九年爬梳資料，二〇二〇年初到美國考察，接著花一整年的時間在日本考察。美國為止都還算順利，然而後來，眾所皆知地，疫情席捲全球。

中間我一度被迫留在臺灣，考察詩朗讀擂臺的計畫也不得不暫停。直到二〇二〇年十一月，才真正體驗到日本詩朗讀的現場舞臺。雖然先前已經觀賞過幾場線上活動，不過現場果然有著無可取代的部分：出發、途經陌生的電車路線，接著抵達從未去過的舞臺，開始探索陌生環境——這些都是現場活動才能提供的經驗。

二〇二〇年底日本疫情趨緩，我把握機會繼續參訪了幾場活動，深信隔年會是個收穫之年。二〇二一年初我下定決定要將考察見聞寫成這本非虛構文集，也很幸運地通過了國藝會的創作補助，當時的我還在 Facebook 發文說：「由衷希望日本的疫情不要捲土重來。」

正如很多人看電影的時候愛說的「立 Flag」，果然一語成讖，二〇二一年的日本重新回到了沉默，不要說詩朗讀擂臺了，連在外頭喝個啤酒都有困難。之後到了二〇二一年七月，簽證到期的我只好帶著遺憾回到臺灣，開始專心在這部文集的寫作上。

儘管如此，我依然「正向地」告訴自己疫情其實有提供一些特殊的體驗，譬如入場前每人會發放一副塑膠面罩，讓場面變得像大型化學事故現場，也增添了科幻感；或是疫情嚴峻期間被迫窩在陰暗房間中聆聽線上詩朗讀之際，竟然產生了一種封閉的魔幻。

除了現場活動的不足，本書也有一些細節來不及好好處理。首先是詩朗讀擂臺與饒舌的關係僅能簡單帶過；再者是詩朗讀在日本已經成為一種音樂形式，而非單指現場活動，搜尋「ポエトリーリーディング＝Poetry Reading」可以找到不少專輯，有機會的話也希望能鑽研這塊。

回臺後的我打開推特，看到過去固定會舉辦UENO POETORICAN JAM（ウエノ・ポエトリカン・ジャム）的場地上野水上音樂堂，舉辦了一場大型戶外詩朗讀「POETRY BOOK JAM」，主持人就是「胎動二〇二〇」的主辦人ikoma，來賓中有這部文集中訪問過的詩人村田活彥，當時真的恨不得自己能馬上前往日本。

這段考察之旅尚未結束，應該說我不希望就這麼讓它結束。尤其是法國的詩擂臺世界盃，聽見村田活彥的口述之後，我迫不及待想到現場一探究竟。也許未來有機會出版一本《讀出一記左勾拳 Vol. 2》？

除了繼續考察現場活動，我也想多訪談幾位詩朗讀播臺的相關人士。透過這次寫作，我才意識到聲音有個效果：時間的凝結。計畫尾聲當我開始處理訪談的逐字稿，聽著錄音檔的同時，竟然覺得自己回到了日本，對面就坐著指導教授島田雅彥。等到關掉音檔的瞬間，才想起自己人在臺灣。

島田教授的訪談中也有提到這種聲音的魅力，讓人身歷其境，而這是活字所無法提供的。

聲音的魅力——正好也是詩朗讀播臺，以及這本《讀出一記左勾拳：日本與美國的詩朗讀播臺》的核心。

參考資料

（按照相關度排列）

英文書籍

Marc Kelly Smith，《Take the Mic: The Art of Performance Poetry, Slam, and the Spoken Word》，Sourcebooks MediaFusion 出版

Marjorie Perloff、Craig Dworkin編，《The Sound of Poetry / The Poetry of Sound》，芝加哥大學出版

Emily V. Thornbury，《Becoming a Poet in Anglo-Saxon England》，劍橋大學出版

英文網站

Boston Poetry Slam官方網站

Donald Hall，〈Thank You Thank You〉，紐約客雜誌網站

日文書籍

楠かつのり，《詩のボクシング声の力》，東京書籍出版

楠かつのり，《詩のボクシング　声と言葉のスポーツ》，東京書籍出版

楠かつのり，《「詩のボクシング」って何だ!?》，新書館出版

白石かずこ，《黒い羊の物語》，人文書院出版

甲斐扶佐義，《追憶のほんやら洞》，風媒社出版
寺田弘，《詩に翼を 詩の朗読運動史》，詩畫工房出版
前田愛，《近代読者の成立》，岩波書店出版
吉本隆明，《戦後詩史論》，思潮社出版
福島泰樹，《絶叫：福島泰樹總集篇》，阿部出版
柄谷行人，《定本　日本近代文学の起源》，岩波書店出版
井出祥子，《わきまえの語用論》，大修館書店出版
柳澤勝夫，《村上春樹と島田雅彦——時代と反時代》，創英社出版

日文期刊

寺山修司，〈詩の朗読と日常性〉，《現代詩手帖》一九七四年四月號
野村喜和夫，〈詩の朗読をめぐって〉，《彷書月刊》二〇〇七年十二月號

いとう　せいこう、町田康，〈対談　いとうせいこう×町田康「うた、ラップ、小説　日本語のために」〉，《文藝》二〇一九年冬季號
韻踏み夫，〈ライミング・ポリティクス試論——日本語ラップの〈誕生〉〉，《文藝》二〇一九年冬季號

日文論文

川田美里，〈詩の朗読における音声表現——行と行間、連間に焦点をあてた分析的研究——〉，《岡山大學教育實踐總合中心紀要》第七卷
谷岡知美，〈ビート詩人ギンズバーグ〉，《廣島女学院大學大學院紀要論文》
小林修一，〈日本語における《話し手》の位相と主体性：「主語なし」文の背景から〉，《東洋大學社會學部紀要》第四三卷二號
河野秀樹，〈「場」とはなにか〉，《目白大學人文學研究》第六號

日文網站

POETRY SLAM JAPAN 官方網站

胎動 LABEL 官方網站

KOTOBA Slam Japan 官方網站

ますだいっこう，〈表現系ゲイの極私的なリーディング体験をアトランダムに〉，POETRY CALENDAR TOKYO 網站

谷川俊太郎，〈音読であれ、黙読であれ、その行為の中で詩は束の間成り立つ。〉，POETRY CALENDAR TOKYO 網站

宮原朋之，〈ポエトリーリーディングとは他者との交流。人生が変わるその魅力〉，CINRA 網站

天野史彬，〈いとうせいこうis the poet　偶然を必然に変え鳴らすダブポエトリ

ー〉，CINRA網站
シブヤ経済新聞，〈リーディングが進化した新たな表現スタイル「スポークン・ワード」にハマル理由〉，SHIBUYA經濟新聞網站
坪井秀人，〈詩を聞くこと　朗読詩音源のたのしみ〉，日本國立國會圖書館網站

中文書籍

艾倫・金斯堡（Allen Ginsberg）著，文楚安譯，《嚎叫》，四川文藝出版
麥克魯漢（Marshall McLuhan）著，賴盈滿譯，《古騰堡星系：活版印刷人的造成》，貓頭鷹出版

知識叢書 1145

讀出一記左勾拳：日本與美國的詩朗讀擂臺

作　者——煮雪的人
副總編輯——羅珊珊
責任編輯——蔡佩錦
校　對——蔡榮吉　蔡佩錦　煮雪的人
內頁插圖——詹雨樹
封面設計——詹雨樹
行銷企劃——林昱豪
總 編 輯——胡金倫
董 事 長——趙政岷
出 版 者——時報文化出版企業股份有限公司
一〇八〇一九臺北市萬華區和平西路三段二四〇號
發行專線——（〇二）二三〇六—六八四二
讀者服務專線——〇八〇〇—二三一—七〇五・（〇二）二三〇四—七一〇三
讀者服務傳真——（〇二）二三〇四—六八五八
郵撥——一九三四四七二四時報文化出版公司
信箱——10899臺北華江橋郵局第九九信箱
時報悅讀網——http://www.readingtimes.com.tw
思潮線臉書——https://www.facebook.com/trendage/
法律顧問——理律法律事務所　陳長文律師、李念祖律師
印　刷——家佑印刷有限公司
初版一刷——二〇二三年十二月十五日
定　價——新臺幣三八〇元

時報文化出版公司成立於一九七五年，
一九九九年股票上櫃公開發行，二〇〇八年脫離中時集團非屬旺中，
以「尊重智慧與創意的文化事業」為信念。

讀出一記左勾拳：日本與美國的詩朗讀擂臺 / 煮雪的人著.
-- 初版. -- 臺北市：時報文化出版企業股份有限公司, 2023.12
288面；14.8 x 21公分. --（知識叢書；1145）

ISBN 978-626-374-621-3（平裝）

863.55　　112018960

ISBN 978-626-374-621-3
Printed in Taiwan

本書獲 國藝會 創作補助、臺北市文化局 出版補助